O DESPERTAR DO URSO

PAOLA GIOMETTI

Dados Internacionais de Catalogação na Publicação (CIP)
(Câmara Brasileira do Livro, SP, Brasil)

```
Giometti, Paola
    O despertar do urso / Paola Giometti. --
1. ed. -- São Paulo : Ed. da Autora, 2022.

    ISBN 978-65-00-56146-3

    1. Ficção brasileira I. Título.

22-135030                              CDD-B869.3
```

Índices para catálogo sistemático:

1. Ficção : Literatura brasileira   B869.3

Aline Graziele Benitez - Bibliotecária - CRB-1/3129

Editor-chefe: Mona Johansen
Revisão: Sandra Garcia Cortés
Ilustração da Capa: Midjourney prompt by Paola Giometti
Ilustração do miolo: Paola Giometti
Design de capa: Ricardo Lombardi
Diagramação miolo: Surya Bueno
Ilustrações imagens miolo: Image by azerbaijan_stockers / freepik

À minha mãe Valéria, a quem procurei me conectar durante as minhas longas e solitárias conversas sob a noite polar.

O DESPERTAR DO URSO

O DESPERTAR DO URSO

Capítulo 1

O calor. Essa foi a primeira impressão que o filhote de urso-pardo teve do mundo. E depois foi o cheiro de sua mãe ao fundo da toca, a fonte de tudo o que precisava, a fonte de seu alívio na fome e alívio da insegurança que aquela nova textura de mundo lhe deu.

Tudo o que ele mais queria era estar perto dela, e conhecer seu cheiro era quase o mesmo que saber o seu nome. Diante de seu focinho pequeno, o filhote de urso sentiu uma baforada, e junto dela vinha um sussurro que se repetiu muitas vezes até ele entender que esse era seu segredo com ela. *Kodiak*, ele escutava sempre num tom suave, e aquele som lhe fazia muito bem. Então, notou nitidamente o som que ela fazia enquanto estava quieta, descansando: uma respiração profunda e compassada que o ajudava a sentir a presença viva dela ali no escuro, protegendo-o.

Depois veio a luz. Um brilho despontou no alto da toca, e isso lhe causou certa dor nos olhos. Olhar para ela era descobrir um novo mundo além do calor maternal e do calor da toca. E foi depois de ver a luz que Kodiak pôde conhecer quase tudo sobre a primavera. Foi assim que também reconheceu as formas de sua mãe e logo concluiu que aquelas também deveriam ser as suas formas.

Mas descobrir tudo o que havia do lado de fora da toca não era suficiente para se saber de tudo na vida de um urso.

– Por que não podemos dormir lá fora? – Kodiak perguntou à sua mãe. – Ainda é dia e eu queria ir atrás do cheiro da raposa.

– O cheiro da raposa? – ela riu. – Ainda não está na hora de você falar com raposas. Talvez amanhã eu pegue uma para você.

– Mas aqui é muito escuro – Kodiak reclamou da toca. – Não consigo saber se meus olhos estão abertos ou se estão fechados.

– O escuro é importante do mesmo modo que o claro. E talvez até mais importante – a ursa falou com a voz sonada e Kodiak ouvia sua respiração lenta.

– Mais importante? – Kodiak aproximou seu focinho do dela e o cutucou para ter a certeza de que ela não dormia.

– A toca de um urso é quase um santuário mágico, pois foi nela que eu pude achar você – explicou a mãe. – Foi nesta toca que a sua vida começou. Tudo começa dentro de uma toca muito escura. É assim que todos os ursos nascem – ela explicou enquanto lambia as orelhas do seu filhote.

– Quer dizer que você me encontrou aqui dentro? Como isso é possível?

– Um dia você vai aprender tudo sobre a toca onde dormem os ursos. É nela que podemos hibernar, dormir por tanto tempo sem despertar tão cedo.

– Mas dormir assim não é perda de tempo? Lá fora tem tantas coisas para ver... Quero dizer, eu não gosto de dormir tanto – assumiu Kodiak.

– Quando o outono chegar e as folhas das bétulas caírem, você vai perceber um estranho sono no ar. O sol vai se pôr mais cedo até que finalmente ele também entra em sua toca para hibernar. Ele vai dormir por tanto tempo até que em seus sonhos ele encontre a Primavera para trazê--la de volta para nós.

– Mas isso deve levar muito tempo, não deve? A Primavera não devia estar sempre fugindo assim – o urso fungou impaciente. – Eu não acho que nada vai me fazer dormir do modo como você conta. Eu acho que realmente não gosto de dormir.

— Mas, se você não dormir, como encontrará os nossos ancestrais?

— Encontrar os ancestrais?

— Os ancestrais são os ursos mais antigos que, por estarem doentes ou velhos, morrem. Morrer é como um hibernar muito longo de onde o urso não se levanta mais – ela explicou e Kodiak sentiu um arrepio ao ouvir aquilo. – Mas o nosso hibernar, quando estamos vivos, é a forma de os ursos visitarem seus ancestrais. Você vai ver. Hibernar é muito importante e bonito.

— Me fale mais sobre esse encontro? Sobre esses nossos ancestrais...

— Quando você olhar para o vale e vir a névoa densa encobrindo as bétulas e os pinheiros, quando o vento não for suficiente para afastá-la, e você sentir os flocos de neve tocarem o seu nariz, seu pelo vai ficar úmido. Isso significa que o Inverno pode estar chegando. E quando você ouvir no vale seus rios estalando e as margens ficarem imóveis pelo abraço apertado das águas duras, significa que você precisa ir dormir – falou ela apoiando a cabeça em sua pata almofadada. – Então é só ir à sua toca e esperar que os ancestrais coloquem o peso de suas patas em seus olhos. Quando menos esperar, estará hibernando. Então, eles vêm nos encontrar por inúmeros motivos – continuou a ursa mãe. – Eles vêm para nos ensinar sobre os cheiros dos animais que devemos caçar, sobre como seguir existindo.

– Poder falar com ursos que já estiveram por aqui e antes mesmo de nós parece algo um pouco sombrio, mas ao mesmo tempo mágico. – Kodiak concluiu apertando os dentes que cresciam em suas gengivas. Entre eles havia um graveto que ele levou para a toca na esperança de que tivesse algo para fazer enquanto sua mãe dormia.

– A princípio pode parecer sombrio. Mas tenha certeza de que tudo o que sabemos é graças a eles e a tudo o que podem nos ensinar sobre a vida. A cada hibernação, é como um novo despertar para o mundo. Sair da toca mais uma vez é como quando as árvores começaram a produzir novas e pequenas folhas, transformando-as em uma nova árvore, ainda que tenham as mesmas raízes.

Foi nesse momento que ela percebeu que a respiração de seu filhote se tornou longa como uma brisa relaxante. E, deixando o focinho ao lado dele, ela também se entregou ao sono leve das primaveras.

Capítulo 2

Já fazia tanto tempo… talvez eu ainda me lembrasse do caminho para a cabana. As trilhas já estavam encobertas pela neve e não havia nenhum sinal da cerca branca. Pelo menos os sons ecoantes do vale abaixo quando o vento batia forte contra os pinheiros e as bétulas eram algo bastante familiar para mim.

Minhas botas afundavam e meus joelhos estavam cobertos de neve. Eu estava congelando e a vontade de achar a cabana aumentou rapidamente.

É por aqui, pensei quando reconheci o amontoado de rochas circundadas pelas árvores e que no fundo pareciam um monumento fantasmagórico tocado pelo manto branco.

Caminhei mais um pouco até me deparar com a entrada de um portão baixo e destruído. Levantei os olhos e a cabana estava ali. Aquilo me trouxe um aperto no peito e ao mesmo tempo muita emoção. *Já fazia tanto tempo desde a última vez...*

Qualquer passagem havia ficado sob esse manto. Passagens que um dia existiram e em mim criaram muitas memórias bonitas. Avancei alguns passos rápidos me aproximando daquelas antigas paredes que fizeram muitas histórias acontecerem e que foram como uma segunda casa para mim, um refúgio selvagem da minha família.

Caminhei até a entrada com a neve nos joelhos, percebendo que tudo estava quieto demais, se não fossem as vozes antigas que ecoavam na minha cabeça. Com as mãos envoltas em luvas, cavei o suficiente para que a porta estivesse livre, e assim finalmente eu pudesse abri-la. E assim eu fiz.

Pronto, acho que já consigo...

Minhas mãos tremiam com a chave na mão e, quando abri a porta e o antigo cheiro da casa invadiu meus sentidos, foi como se tudo tivesse voltado. Quem me dera pudesse ser assim.

A voz de Biso, como carinhosamente chamava meu bisavô, ainda estava ali dentro. Estava dentro de cada coisa dele presente, e isso fez com que eu sentisse uma pontada dolorida dentro de meu coração.

Acendi a lareira com os restos de tocos que foram empilhados desde a última vez, por Biso. Também acendi algumas velas para dar um pouco mais de conforto a minha visão embaçada pelas sombras escuras do inverno.

Caminhei pela pequena cabana vendo o que havia ficado esquecido até então. E foi ali no quarto de Biso que encontrei, em uma gaveta, anotações e desenhos feitos por ele mesmo e pelo seu avô, que também gostava de histórias.

Ali, perdido entre suas anotações, encontrei um caderno onde havia um urso desenhado em nanquim, certamente feito com a conhecida pena de águia que Biso costumava usar para escrever e ilustrar suas histórias. Na capa estava escrito: O Despertar do Urso.

Essa história ele nunca me contou, pensei enquanto olhava a data na capa. *Sim... Essa foi provavelmente a última história que Biso escreveu... Talvez a sua intenção fosse me contar algum dia, mas esse dia jamais chegaria.*

Com um nó na garganta, sentei em sua escrivaninha próximo à janela e aproximei as velas me fazendo ver melhor aquele caderno que trazia o meu reencontro com o velho Biso e quanta saudade ele deixava em mim...

Abri as páginas de O Despertar do Urso e, reconhecendo a letra dele em cada linha traçada, iniciei a leitura...

Capítulo 3

Quando as folhas de bétulas estavam ficando laranja, e o musgo sobre o solo e as rochas já secava, ouviu-se uma voz um tanto incomum para os ursos daquelas colinas. Não era como a dos pássaros que chilreavam enquanto o inverno não chegava, nem como o regougar das raposas disputando os ovos no ninho dos tetrazes. Naquele dia, em meio à floresta, o filhote de urso teve certeza de que jamais havia escutado tais sons.

Kodiak já tinha quatro meses de idade quando decidiu se esconder em uma fenda estreita que encontrou ao subir uma montanha. Mas isso foi só há três dias. Ali, dentro daquele buraco, o urso estava faminto, pois havia se nutrido apenas com alguns besouros e frutinhas que encontrou ao redor daquela entrada. Naquele seu terceiro dia escondido, a fome e a sede o haviam atingido de um modo que nunca sentiu anteriormente.

Tímido e receoso, colocou o focinho marrom para fora de modo que seu nariz pudesse conhecer cada detalhe escondido de seus olhos. Foi quando sentiu um cheiro estranho e uma voz correu pelo ar como se chamasse por alguém. O pequeno urso-pardo escondeu-se o mais fundo que pôde, ali dentro. Teria resolvido ficar ali por tanto tempo se não fosse o atraente cheiro de comida que sentiu do lado de fora.

Arriscou um passo para fora e pôde ver um animal estranho que andava habilmente sobre duas patas traseiras e que carregava um filhote enrolado em pele de caribu. Kodiak não entendeu se aquilo oferecia algum perigo, mas o cheiro forte do peixe que provavelmente era daquele animal foi suficiente para convencê-lo a sair de sua toca.

Kodiak foi então faminto para perto daquele cheiro, aproximando-se tímido para perto da estranha fêmea que trazia a sua cria daquele modo. O urso chegou a pensar que estava diante de um outro urso em pé e sem pelos no focinho curto. Mas seus olhos logo se dirigiram para o chão e ele viu o peixe, a poucos metros dele.

A estranha fêmea apenas o observou, enquanto o urso devorava a truta com os pequenos cones que cresciam duros e afiados em sua boca. A seguir, ela lançou outro peixe ao chão. Mas, desta vez, bastante perto dela. Kodiak não se importou, ainda faminto, criou coragem e se aproximou mais, apanhando a truta e correndo para a fenda que a seguir o ocultou.

Por que ela está me alimentando se o filhote dela está com fome?, pensou Kodiak enquanto comia o peixe e escutava o balbuciar choroso do filhote que ia ao colo do estranho animal. O pequeno urso viu a fêmea sentar-se diante do esconderijo de Kodiak e alimentar o seu filhote junto ao seu peito, como Kodiak também se alimentou pelo tempo que esteve com sua mãe.

Sim, ela só pode ser um tipo de urso, concluiu Kodiak. Mas não demorou tanto até que ela fosse embora, deixando-o ali entocado.

No dia seguinte, a estranha ursa se aproximou novamente do esconderijo com seu filhote em suas patas. Com ela veio outro maior, um jovem que, pelo seu tamanho, Kodiak julgou ser um pouco mais velho do que ele.

A fêmea ofereceu mais uma truta para o urso, mas, quando ele saiu do esconderijo, tentou apanhá-lo, e Kodiak correu de volta para sua caverna, ficando ali quieto até a tarde do outro dia.

E nesse dia ele recebeu outra vez a visita da estranha ursa com os seus dois filhotes, mas, desta vez, ela ofereceu-lhe pedaços de perdiz.

Quando Kodiak saiu para comer, notou ao lado um estranho objeto escavado em madeira onde reconheceu armazenar aquilo parecido com o que saía de sua mãe e saciava a sua sede.

– Você viu para onde foi a minha mãe? – ele perguntou para os estranhos, mas não houve resposta.

O urso tomou tudo o que podia até deixar o recipiente seco. Aquilo lhe trouxe uma estranha sensação de segurança e conforto, muito parecida com as sensações que sentia ao lado de sua mãe.

– Eles devem ter me encontrado por sentirem meu cheiro aqui – concluiu Kodiak. – Eles sabem que estou sempre com fome, mas não entendem quando pergunto sobre minha mãe… Será que ela os mandou até aqui para cuidarem de mim?

E foi a partir desse dia que Kodiak passou a seguir a fêmea e seus filhotes.

Carregando um peixe, ela convenceu o pequeno urso a caminhar com ela até outro abrigo, um ainda maior onde ela e seus filhotes também podiam se esconder. Ali, Kodiak ficou ao lado deles, protegido dos ventos fortes e das chuvas, mas, quando a noite caía, eles iam embora e voltavam sempre no outro dia para se alimentarem todos juntos e se aquecerem encostados uns nos outros. Às vezes ela saía, deixando somente os filhotes, e Kodiak teve a impressão de que o mais velho estava cuidando dele e do menor.

– Vocês são os ursos mais estranhos que eu já vi – falava ele contemplando a família, às vezes triste por pensar que sua mãe não soubesse onde ele estava escondido.

Quando ela voltava, geralmente vinha com galhos que amontoava, cercando-os com pedras, e ali conseguia criar um estranho sol do qual Kodiak sentia certo medo, mas o calor que oferecia era forte como o de sua verdadeira mãe. No início, ele corria para o fundo da caverna, mas, depois, aproximava-se curioso com o brilho e farejava a fumaça que saía do peixe que era colocado sobre esse brilho. Acostumando-se aos novos aromas e ao sol que aquele ser podia criar, Kodiak já conseguia aproximar-se da fêmea e de seus filhotes, e, por fim, muitas vezes percebeu adormecer encostado a ela, como costumava fazer ao lado de sua mãe. Seus olhos passaram a se acostumar com as sombras que aquele brilho formava no fundo da caverna, e muitas vezes Kodiak pensou que aquelas manchas, que se moviam e tinham na maior parte das vezes a forma de sua mãe, podiam ser os tais ancestrais. Mas, logo que a chama se apagava, a magia era desfeita, e toda a esperança de estar com eles ia embora junto.

Capítulo 4

Kodiak mal saía do esconderijo. Na verdade, ele mal conseguia. Mas percebia que, lá fora, alguma coisa mudava, pois o calorão do verão estava cada vez mais fraco. A mãe adotiva do urso costumava ir visitá-lo pelas manhãs e ao cair da tarde, levando-lhe carne e sempre lhe dava um pouco de seu leite. Às vezes ela vinha só, às vezes com seus dois filhotes. Mas, com o passar do tempo, ela desaparecia colina abaixo, em direção ao vale, onde Kodiak imaginou que ela devia ter outra toca onde protegia seus outros filhotes.

Já havia algum tempo que sua mãe adotiva, junto de seus irmãos, tentava colocar Kodiak para fora da toca, mas ele nunca saía, sempre que era arrastado para fora, o urso se debatia e voltava correndo para dentro, quando conseguia se soltar.

– Não posso sair ou minha mãe não vai me achar – ele grunhiu para a mãe adotiva, que só olhava para ele fazendo ruídos com a boca de modo que o urso aprendeu a identificar que aquilo era um tipo de desaprovação.

Além de temer sair e perder-se ainda mais de sua verdadeira mãe, que o havia deixado não longe dali, o urso tinha muito medo do que havia lá fora. Ele tinha uma memória um tanto nebulosa da noite em que eles foram atacados por lobos. Todas as noites Kodiak sentia o seu sangue esquentar ao se lembrar disso. Se escutasse o uivo de algum lobo ali embaixo no vale, ele já corria para o fundo da caverna e passava a noite em claro, tentando entender se sua mãe verdadeira algum dia voltaria de fato para ele.

Nem mesmo com a chegada do inverno o urso-pardo sentiu sono. Tudo estava coberto de neve, as noites eram longas demais e, apesar do cansaço que isso lhe trazia à mente e ao corpo, Kodiak não conseguia entregar-se ao longo sono dos ursos.

Preciso estar acordado para ouvir ou farejar minha mãe no momento em que ela passar aqui por perto à minha procura, pensava toda vez e também imaginava que, se hibernasse, os lobos iriam encontrá-lo e comê-lo, pois, diferente de sua mãe, ele ainda era bem pequeno e cabia no estômago de um lobo.

Por algumas vezes veio à mente do filhote a lembrança que mais o assustava:

– Corra e se esconda! – veio vívida a voz de sua mãe à cabeça de Kodiak.

Ele tentava se lembrar do caminho que fez ao correr com sua mãe para o alto daquela mesma montanha. Às vezes vinha a imagem dela confrontando muitos deles, mordendo seus focinhos e os golpeando para longe com suas patas poderosas. Kodiak ainda tinha a voz dela em suas memórias.

Ela estava tão brava com aqueles lobos, discutindo, a voz dela ecoou pelo vale todo... Acho que foi assim que minha mãe adotiva me encontrou, o urso se revirava de um lado para o outro, apoiando uma pata sob a cabeça e depois a outra, pensando ansioso e triste, imaginando que sua mãe adotiva pudesse saber também onde sua verdadeira mãe estava.

Kodiak às vezes pegava no sono e sonhava com todas aquelas vozes, urros, ganidos e uivos. Sua cabeça parecia encher-se de confusão e, quando despertava desses pesadelos, o urso percebia ainda ter o cheiro de algum lobo que lhe alcançava as narinas. Então, ele atacava as rochas com toda a raiva que cabia em um jovem como ele, batendo suas garras e gritando, contentando-se somente quando as via completamente esfoladas por ele, ou quando suas unhas quebravam e doíam.

No dia seguinte, em que o inverno caía pesado sobre os ombros dos animais, a mãe adotiva apareceu ali para levar-lhe a comida e, como de costume, colocou a carne do lado de fora do esconderijo. O urso, como quem nada queria com o mundo exterior, pegava a carne e a arrastava para dentro. Foram inúmeras tentativas naquele dia e, por um momento, o urso somente a acompanhou até a pequena cachoeira de onde deslizavam fios de águas gélidas que vinham do alto da montanha. Mas era apenas isso, e houve dias em que nem mesmo água ele bebeu.

E foi assim aquele inverno todo: Kodiak não hibernava de maneira alguma, nem com sua mãe adotiva lhe acariciando a cabeça.

Certo dia, em que ele se recusou a comer, a mãe adotiva tentou expulsá-lo para fora e Kodiak, ao pegar o alimento, entrou em um estado de fúria e chegou a atacar o peixe com tanta raiva que isso a fez sair bufando de nervoso. Desde então, com os surtos repentinos do urso, a mãe adotiva de Kodiak passou a visitá-lo sempre sozinha e apenas uma vez ao dia para lhe levar uma quantia de carne. Mas houve um dia de inverno em que ela não apareceu e Kodiak achou aquilo estranho. E foi assim por mais três dias, não havendo qualquer sinal de sua segunda mãe e nem mesmo de qualquer comida.

– Ela está fazendo isso de propósito, pois sabe que eu não vou a lugar algum e que eu não tenho nada para comer! – rugiu, acertando um tapa numa rocha, que a fez bater contra a parede e rolar para longe dele.

Kodiak passou a sair para beber água com mais frequência, na expectativa de ver sua mãe adotiva não tão longe dali, mas não havia qualquer sinal dela ou de sua mãe verdadeira.

Mas isso durou por mais três dias, até que Kodiak, sentado diante de sua toca, olhou para fora, vendo o sol nascer e o gelo derreter, e concluiu que os lobos deviam tê-la encontrado e, assim como sua mãe verdadeira, eles deviam tê-la levado também.

– Deve ser isso – concluiu o urso que permaneceu deitado, quieto até o outro amanhecer, sentindo seu estômago doer terrivelmente. Sua mente encheu-se de dúvidas sobre aquele abandono inesperado e sobre o que viria a seguir. Quando conseguia pegar no sono, em seus sonhos via ursos grandes que brigavam entre si, que devoravam tudo o que encontravam, até que, de repente, os ursos viraram lobos e arrancaram um pedaço de sua cauda. Kodiak acordou num sobressalto, sentindo a pequena cauda doer, e quando olhou para ela não tinha certeza de que ela ainda fosse tão pequena.

– Você não pode ficar aí para sempre – veio uma voz grave, e ao mesmo tempo calma, como o movimento dos rios de águas congeladas. – Não escuta seu estômago roncar? Por que não faz nada para ajudar ele?

Kodiak saltou no ar e correu para o abrigo, mas não deixou de colocar o focinho para fora para tentar espiar o que estava se passando:

– Quem é você e o que quer de mim? – o urso rosnou sob a escuridão de sua toca.

– Eu sou um alce. E esse ruído que vem de sua barriga não é um lobo rosnando para você voltar correndo para sua caverna.

– Vá embora, eu não quero falar com você! Aliás, eu já comi um alce – mentiu, sem saber se já havia comido ou não. – Vá embora!

– Embora eu vou, cedo ou tarde – respondeu o alce de prontidão. – Pois prefiro comer os musgos que nascem novos e frescos do lado dos riachos, e os daqui de cima eu já comi. E por falar em riacho, eu sei de um que está cheio de peixes. Você também tem medo de peixes?

– Eu não tenho medo de peixes – Kodiak rosnou muito ofendido.

Então saiu da caverna para ir mostrar ao alce os seus dentes novos e afiados, mas era como se estivesse ali sozinho, como se nada estivesse ali do lado de fora, pois não conseguiu descobrir de onde o cheiro do animal vinha. E, olhando para o declive, avistou o riacho de onde bebia a água, descendo no vale e indo se juntar ao rio. Para não dar a impressão de que estava apavorado num mundo cheio de lobos, Kodiak apertou os dentes uns contra os outros e, imaginando que estava sendo observado pelo tal alce intrometido, desceu o declive na direção do afluente.

É só por um momento e logo volto, pensou Kodiak bufando.

Foi determinado, como se pudesse provar o seu valor como urso a um alce muito tolo e que não sabia nada sobre ursos.

Quando se deu conta, Kodiak já estava bem longe de sua toca, e olhou para ela algumas vezes, mas logo tratou de disfarçar, fingindo que procurava o alce. Sentiu um calafrio ao imaginar que ele era aquele tipo de coisa que não podia ser vista. Como a sua mãe chamava isso? Ancestrais? Mas ele não estava hibernando. Seria coisa da sua cabeça? E ainda falar com um ancestral que não fosse urso? Ficou intrigado pensando se aquilo havia então sido um sinal enviado por seus ancestrais, afinal, ele estava dormindo e sonhando quando acordou com a voz do que dizia ser um alce, e ursos talvez gostassem muito de comer alces.

Mas, voltando sua atenção ao afluente, o urso notou um animal correr para dentro da água, e assim decidiu descer um pouco mais, só para ter certeza do que era.

Capítulo 5

O animal que pensou ter visto na superfície da água já não estava lá. O jovem urso olhou diretamente para a água e a única coisa que viu foi a si mesmo. Então ficou encarando seu reflexo. Ainda havia muito a esperar para que pudesse atingir o tamanho de sua mãe.

O cheiro forte do limo úmido o fez perceber que o aroma dos salmões estava ali presente. *Quando sentir o cheiro do salmão no limo das pedras dos rios, significa que eles já estão no período de desova, e que você vai encontrá-los nas proximidades,* sua mãe havia lhe ensinado pouco tempo antes de desaparecer.

– Eles estão ali – disse a si mesmo vendo que, mais ao meio do rio, as rochas quase sumiam com o nível da água. Mergulhando suas patas, Kodiak sentiu um calafrio ao imaginar que talvez onde os salmões estivessem fosse muito fundo para ele. Vendo que o volume de água que descia com o degelo facilmente o empurraria rio abaixo, o jovem urso tentou capturar um dos salmões pequenos que saltavam tentando encontrar o caminho entre o labirinto de rochas lisas. Mas eles eram muito mais rápidos do que Kodiak.

Sentado na margem, olhando para as águas enquanto se sentia impotente, viu ao chão pequenos insetos e saltou para devorá-los antes que decidissem voar para longe. Seu nariz também lhe revelou um cheiro que já havia sentido há muito tempo.

– Deve haver alguma ave ali – disse olhando a planície que se estendia, encharcada. E foi um pouco mais, percebendo que o cheiro se aproximava, quando se deu conta de que passava por um ninho escondido ao chão. A ave devia estar por ali em algum lugar, pois o urso era capaz de ouvi-la, furiosa. Foi quando, diante de seu nariz, surgiram três pequenos ovos pintados. Sem pensar duas vezes, com uma fome desesperadora, Kodiak os levou à boca sem os mastigar, fazendo-os desaparecer em sua garganta. Então correu o mais rápido que pôde para evitar ter os olhos feridos pela ave irritada.

E mais uma vez, diante do rio, Kodiak olhou para as águas, mirando o seu reflexo. Os ovos haviam lhe dado algum alívio e um pouco mais de tempo para encontrar talvez algum outro inseto, ou, se tivesse sorte, algum camundongo poderia aparecer. Mas, olhando para o meio do rio, ainda não satisfeito por não conseguir comer algo maior, Kodiak viu um urso tão grande quanto sua mãe e que caminhava do mesmo lado da margem em que estava.

– Olá! – ele deixou sair quase perdendo a voz. – Olá, urso! – exclamou acreditando que aquele animal devia ser um grandioso sinal de seus ancestrais. *Sim, ele parece tão poderoso que vai saber onde está a minha mãe,* pensou, e assim Kodiak correu em sua direção, percebendo que no mesmo momento o urso-pardo adulto quase se colocou sobre as patas traseiras. Kodiak se lembrava de ter visto um par de olhos pequenos e escuros dentro de uma grande cabeça redonda de onde pairava um focinho ameaçadoramente enrugado. O jovem urso, sem pensar, correu, mas o enorme urso veio atrás em disparada, num rugido tão alto que Kodiak teve os pelos de suas costas esticados para cima. Era possível ouvir o som estrondoso do impacto de suas patas contra o solo. O jovem urso ficou tão chocado que pensou sentir a terra tremer sob suas patas e unhas. Mas o instinto lhe mostrou que o rio seria a única maneira de conseguir escapar, e Kodiak saltou para dentro das águas estrondosas do degelo que vinha da alta montanha.

Sentindo seu corpo ser envolvido pelas águas de forma abrupta, percebeu suas patas escorregarem e ele ser empurrado com força pela planície em direção a sua parte mais baixa. As pedras acertavam o seu corpo, que rodopiava, desgovernado, rio abaixo.

– Mãe! – urrou Kodiak vendo-se levado sem controle, sentindo sua cabeça mergulhar e muita água entrar pela sua garganta. Seu corpo foi virado inúmeras vezes, deixando-o sem qualquer condição de manter-se equilibrado.

O medo que sentiu foi muito parecido como o de quando viu os lobos pela primeira vez. E foi assim que Kodiak foi arrastado, desejando que os ancestrais mergulhassem seus focinhos nas águas e o tirassem de lá. Mas não foi assim que o filhote de urso conseguiu sair. Talvez, por sorte do acaso, uma bétula estava caída e atravessada em um dos veios de água estreito por onde o pequeno urso passou. Sentindo que quase não lhe restavam mais forças, ele conseguiu usar a sua boca e garras para se segurar no tronco, firmando seu corpo, até que viu sua cabeça ganhar a terra firme, e ali ficou caído, de olhos fechados, respirando ofegante.

* * *

A natureza é o que é. Ela coloca montanhas na nossa frente, mas ela também coloca os vales fáceis de caminhar. E com a vida dos ursos não era diferente. Com a vida dos animais, também não era. Do mesmo modo que a natureza nos oferece o rio cheio de peixes, ela também nos oferece um rio que pode levar um urso como Kodiak. Ela também pode colocar outros ursos diante de nossos olhos, e que não têm a mesma intenção dos ancestrais.

E foi com esse sentimento que Kodiak despertou. Um sentimento que misturava revolta e desesperança.

Tudo parecia perfeito quando você estava aqui comigo, ele pensou, lembrando-se de que a presença de sua mãe poderia fazer tudo mudar para melhor.

E, levantando-se do chão, vendo suas patas traseiras ainda mergulhadas na água, Kodiak jurou a si mesmo que, quando crescesse o suficiente para parecer maior do que um lobo, lutaria com eles e até com ursos maiores. Lutaria tanto, que todos os animais daquelas montanhas iriam se lembrar dele por temê-lo e respeitá-lo.

Capítulo 6

O som de um rastejar encheu os ouvidos do jovem urso que estava ainda jogado à margem do rio. Mas até mesmo antes de ouvir esse som, seu olfato sensível já havia revelado um cheiro estranho. E, ao se levantar devagar, Kodiak viu um animal comprido e de pernas curtas, e o teria julgado como um grande rato com bigodes grossos e espalhados pelo focinho, se sua mãe no passado não tivesse lhe contado que eram conhecidos como lontras.

– E não é que você conseguiu? – falou a lontra vindo a passos que balançavam sua cabeça de um lado para o outro.

– O quê...? – o urso não gostou e rosnou. – Você estava me seguindo?

– Eu o vi se aproximando lá atrás, mas logo me escondi. E quando aquele outro urso ali apareceu, pensei que fosse a sua mãe.

– Você pelo visto não conhece a minha mãe – Kodiak estava desapontado. – Mas, se você a vir por aí, diga a ela que a estou esperando.

– Se aquele urso não era ela, eu não tenho a mínima ideia de quem seja – a lontra chacoalhou os pelos para se livrar da água. – Nadei muito rápido para tentar te alcançar, e logo a água fez o seu cheiro desaparecer, então eu te perdi – assumiu a lontra ficando em pé nas patas traseiras, aliviada por ver o jovem urso vivo.

– Se você não viu a minha mãe, então não pode me ajudar – respondeu Kodiak mal-humorado.

– Não posso ajudar ou você é que não quer a minha ajuda? – a lontra levantou os olhos tentando ser paciente. – Eu vi você tentando pegar um peixe e, com o pouco que vi, percebi que você nunca capturou um peixe.

– É claro que eu já consegui – mentiu. – Ele era pequeno, um filhote, pena que você não viu.

– Fico tentando imaginar o que fazem filhotes de salmão subirem o rio sendo que ainda não nasceram – ironizou a lontra, e isso fez Kodiak se calar. – Se você quer pegar um grande, eu poderia te ensinar.

– Quem deveria me ensinar a fazer isso é a minha mãe – retrucou o urso, se virando e caminhando na outra direção.

– Mas ela não está aqui para fazer isso. Eu, por exemplo, aprendi a pescar com minha irmã mais velha, e não com minha mãe – a lontra caminhou para perto do urso, notando que os ossos de seu quadril magro estavam saltados. Definitivamente ele precisava de ajuda.

– Talvez você possa me dar uma dica e depois ir embora – completou o urso bufando. – Eu também já comi uma lontra.

– Uma lontra que a sua mãe provavelmente caçou – completou o animal tentando não transparecer qualquer abalo. – E se você estivesse com ela, eu jamais estaria aqui falando com você.

– Está insinuando que sou pequeno e fraco? – o urso rosnou e deu um passo na direção da lontra.

– Olhe só para isso – fez a lontra, que ignorou a irritação de Kodiak, saltando para dentro da água e desaparecendo por três segundos.

Quando retornou, tinha em sua boca um grande salmão alaranjado se debatendo. Largou-o no chão e, antes que Kodiak visse o peixe saltar de volta para dentro do rio, ele o abocanhou e logo o peixe desapareceu em sua boca. A seguir olhou para a lontra um pouco chocado, percebendo como estava com fome.

– Acho que me sinto melhor – falou Kodiak sentindo o estômago pesar, mas que também lhe trouxe grande alívio.

– Você não pode esperar estar com muita fome para sair caçando – aconselhou a lontra. – Caso contrário, terá muita dificuldade para se concentrar e pescar.

– E como você faz? – Kodiak perguntou, lambendo as patas com a voz baixa, pois não queria que os outros animais escutassem que um urso estaria pedindo conselhos a uma lontra sobre como pescar.

– Você só tem que estar num lugar mais raso e esperar que uma hora o peixe passe perto de você ou por debaixo de você – explicou pulando na água e demonstrando. Então se levantou e continuou: – E quando isso acontecer, você só tem que mergulhar a cabeça na água tão rápido quanto o bote de uma águia. Com as garras, você ajuda a levar o peixe à boca de modo que se encaixe perfeitamente entre os dentes, daí então você o tira para fora da água e o come.

– Parece um tanto fácil desse modo – observou o urso, que, se uma lontra com aquele tamanho conseguia capturar um salmão grande, para ele, isso não seria nada.

– Não é difícil – a lontra então repetiu a pescaria e trouxe mais um salmão para perto de Kodiak. O urso olhou para a lontra imaginando que ela comeria aquele peixe, mas não fez isso, e Kodiak concluiu que ela não devia estar com fome, ou estava simplesmente capturando o animal para que ele pudesse comer mais. Sem dar muitas explicações do que estava pensando, o jovem urso comeu o segundo salmão tão rápido que, a seguir, sentiu seu estômago doer um pouco mais e suas pálpebras penderem, cansadas.

– Acho que eu aprendi alguma coisa com você – ele assumiu satisfeito. – Mas percebo que você me encheu de peixe com medo de ser comido.

A lontra riu e balançou a cabeça, vendo que estava diante do filhote mais cabeça-dura que já havia encontrado em toda a sua vida. Entrando no rio, Kodiak escolheu um local raso, o mesmo que a lontra havia usado anteriormente para capturar os peixes. Chegou a ver dois ou três salmões passando, e seu focinho cheio de cones brancos se abriu, sua cabeça larga se moveu para baixo, mas não mergulhou o focinho a tempo.

A lontra permaneceu ali ao lado dele, dando as instruções, o que fez Kodiak sentir sua paciência ir se esvaindo, principalmente por não conseguir seguir o comando de um animal pequeno como uma lontra. Até que, depois da sexta tentativa, Kodiak mergulhou o focinho com certa fúria, conseguido capturar um salmão entre seus dentes. Chegou a sentir o gosto dele em sua língua, mas ele logo escorregou por entre seus dentes e fugiu. Aquela tentativa chegou a deixar o urso mais animado, deixando a fúria de lado para prestar mais atenção em seus movimentos.

Foi só na nona tentativa que Kodiak conseguiu prender um peixe na sua boca de modo que ele não escorregasse. Saiu da água eufórico com sua primeira pescaria. E ali mesmo devorou o seu terceiro salmão, percebendo que não havia mais espaço nem mesmo para beber água.

– Eu sou o Kodiak. Como você se chama? – finalmente perguntou à lontra.

– Lutri – respondeu o animal sorridente. – Agora que você já sabe pescar, o que vai fazer? Vai encontrar alguma toca aqui por perto? Ou vai voltar lá para cima, naquela montanha?

Kodiak olhou para ele sem esperar por aquela pergunta. Então disse:

– Acho que vou ficar por aqui e esperar por algum sinal de minha mãe verdadeira– respondeu chacoalhando seu corpo para se livrar da água e ficando pensativo. – Ou talvez eu também consiga encontrar a minha segunda mãe.

– Você tinha duas mães? – Lutri perguntou, o que fez Kodiak olhar para ela, aborrecido.

– Eu não tinha – o urso disse. – Eu ainda tenho duas mães. Mas minha segunda mãe era um pouco diferente de mim, bastante diferente, na verdade, sem pelos no focinho, e ela podia andar em pé com muita habilidade. Ela também caminhava com os dois filhotes dela, sendo que um estava sempre preso a ela, ou ela o agarrava à sua pata.

– Você quer dizer a humana? – Lutri perguntou espantado. – Sim, agora me lembro da humana com os dois filhotes! Eles estavam sempre rodeando a margem à procura de peixes e... – por um momento a lontra ficou em silêncio, suspirou e continuou: – De qualquer maneira, se você estiver por perto, poderei acompanhar seus avanços na caça ao salmão – ofereceu.

– Humana? Você tem certeza de que ela não era um tipo de urso? – Kodiak sentiu seu coração bater forte quando soube que Lutri já havia visto sua mãe adotiva.

– Certeza absoluta, Kodiak – confessou Lutri. – Ela que estava cuidando de você na ausência de sua mãe? Então teve muita sorte por ela te encontrar.

– Eu tive sorte... – concordou Kodiak focando seus pequenos olhos castanhos em uma grande pedra deitada, como se estivesse vagando em algum lugar de sua memória.

E assim ele ficou até o outro dia, vendo Lutri ir e vir pelo rio, fazer certas algazarras na superfície, enquanto brincava com outras duas lontras, que vieram, curiosas e temerosas, espiar o urso de longe.

Lutri viu Kodiak às vezes olhando para os lados e levantando o focinho enquanto mexia no nariz, como se tentasse farejar algum sinal conhecido de suas mães. Ao mesmo tempo em que a lontra notava o triste brilho no olhar do jovem urso enquanto olhava para as montanhas, onde estava seu passado, ele também tinha uma luz de esperança quando seus pequenos olhos se viravam para a floresta. Era como se esperasse por alguma ajuda que viesse resolver todos os seus problemas, assim como quando a sua mãe adotiva surgiu para alimentá-lo enquanto sua mãe verdadeira esteve ausente.

Lutri notou também que Kodiak passava muito tempo deitado, para um urso, como se não houvesse ânimo suficiente para deixá-lo em pé. Olhava para ele e percebia que estava sempre distante em suas lembranças.

– Ei, Kodiak – falou Lutri se aproximando outra vez. – Você não gostaria de mostrar o que aprendeu ontem? – a lontra incentivou o urso. Na verdade, ela queria que o jovem perdido se levantasse por um momento e fosse comer.

– Olá, Lutri – falou Kodiak levantando a

cabeça do chão. – Eu não estou com tanta fome assim.

– Mas você precisa comer alguma coisa – a lontra caminhou para perto dele, ficando em pé, e então apontou para o rio. – Os salmões estão passando, e acho que agora você consegue pegar um maior.

Kodiak olhou para a água e viu os peixes saltando enquanto subiam o rio freneticamente.

– Tá bem, eu vou tentar – o urso levantou e farejou o ar carregado de peixe. – O cheiro do limo está bem forte, o que significa que tem peixes demais neste rio.

– Você também sente isso? – Lutri sorriu chacoalhando os bigodes duros e longos enquanto acompanhava Kodiak até a água.

O urso entrou na margem e caminhou, até que tivesse as águas na altura de seus joelhos e cotovelos. Então se virou para a margem mais próxima e, naquele espaço entre ele a margem, passaria o peixe que ele pescaria. Via as sombras dos salmões passando, suas cores alaranjadas e rosadas, e às vezes um brilho prateado que passava desviando de suas garras. Afundou a cabeça duas vezes, até que na terceira tentativa apanhou um salmão entre seus dentes e o apertou de modo que sua forma se encaixasse entre seus dentes, usando as garras para não deixá-lo escapar. Então, ergueu a cabeça para fora d'água e caminhou até a margem onde estava Lutri, que saltou animado por ver o resultado daquela pescaria.

– Posso ver que você já pode capturar o seu próprio salmão – disse a lontra satisfeita. – Agora você não depende de mais ninguém para sobreviver, e isso é ótimo!

Kodiak comeu aquele peixe com voracidade, percebendo que estava sim com fome, mas que não havia dado a devida atenção a ela. Estava feliz por poder ser capaz de capturar o seu próprio alimento, mas ao mesmo tempo, fazer isso era quase que aceitar que suas mães não voltariam para ele.

– Talvez eu também já esteja pronto para lutar – Kodiak levantou os olhos para Lutri, com um novo ânimo.

– Lutar? – repetiu a lontra, tentando entender.

– Isso! – Kodiak falava como se houvesse encontrado algo bastante empolgante para se fazer. – Lutar como você fez com as outras lontras, só que com mais força – tentou explicar Kodiak, ansioso.

– Eu e meus irmãos estávamos apenas brincando de lutar, e não estávamos lutando de verdade – explicou Lutri, achando curioso que Kodiak quisesse aquilo. – Se tivéssemos lutado, alguém poderia sair ferido de verdade – falou a lontra olhando nos olhos do jovem urso.

– Mas que bobagem! – retrucou Kodiak sem muita paciência para aquele tipo de conversa. – Quando eu crescer um pouco mais, vou ser um caçador de lobos.

– Um caçador de lobos? – Lutri entortou o focinho. – Nunca vi um animal que quisesse viver caçando lobos. Isso nem parece algo da natureza dos ursos.

– O que você entende sobre ursos? – desafiou Kodiak sentindo uma grande frustração. – Na sua idade eu serei muito maior e mais forte do que você. Você nunca sobreviveria a um lobo, pois tem o tamanho de uma raposa pequena e uma raposa pequena cabe no estômago de um lobo.

A lontra olhou para ele um pouco desapontada, pois esperava mais de alguém que ajudou. Por um segundo, pensou em dar as costas para aquele filhotão arrogante, mas aquela raiva anormal em um jovem como Kodiak fez a lontra compreender algumas coisas:

– Foram os lobos que fizeram você se separar de sua mãe? – apontou Lutri certeiro.

Kodiak olhou nervoso para a lontra e fitou-a enquanto escutava o que ela tinha a dizer:

– Foi por isso que você se perdeu de sua mãe verdadeira, não estou certo? – Lutri deu um passo na direção de Kodiak. – Escute, meu amigo urso – falou. – Esse tipo de raiva não faz bem para ninguém, principalmente para um jovem como você. Não sei quanto tempo faz que está sozinho, mas a vida às vezes pode ser um longo e inacabável inverno solitário se não fizer nada para que sua realidade mude.

– Não será um inverno solitário, quer apostar? Eu encontrarei a minha mãe! – Kodiak rugiu raivoso com aquelas palavras que o fizeram sentir a frustração crescer. Bateu com as garras em uma pedra que rolou na direção da lontra com grande velocidade e que passou arranhando a sua cauda. Por um momento Kodiak se assustou ao ver que havia causando um pequeno ferimento a Lutri. Mas logo deixou sua raiva dominá-lo outra vez, pois não queria mostrar sua fraqueza. – Você não é um urso e não sabe nada sobre o inverno e as tocas dos ursos! Você não sabe nada sobre ficar sozinho! Só sabe capturar salmões!

A lontra olhou para o animal com decepção e também conseguiu enxergar um urso com sentimentos muito feridos. Kodiak virou as costas, caminhando na direção contrária, mas, por um segundo, como se um peso de arrependimento tivesse caído em seus ombros, olhou para trás e viu que Lutri ainda estava olhando para ele.

– As bétulas, mesmo que juntas, precisam cada uma ter a sua raiz. Cada uma enverga o seu tronco para suportar o peso da neve. Não deixe a sua neve destruir você – quando terminou de falar, saltou para a água, desaparecendo rio afora…

Segurei as páginas do livro, parando de ler a história do urso, por um momento. Eu já conhecia Kodiak em outras histórias que Biso havia me contado há muito tempo. Mas era a primeira vez que podia me identificar com o urso que sempre aparentava ser muito temido. Deixei o livro sobre a cama, por um momento, e olhei para os lados, lembrando-me dos momentos em que estive ali com Biso. Quanta saudade eu sentia...

– Era como se nenhum mal pudesse me acontecer – falei para mim mesmo, num sussurro.

Estar naquela cabana com Biso era como a toca de um urso em seu refúgio sagrado, onde nada poderia dar errado. Mas o segredo não estava na cabana ou na toca do urso, e Kodiak bem havia percebido que aquele sentimento protetivo estava além daqueles sítios e do tempo em que havia passado neles. Esse sentimento vivia na presença de sua mãe, assim como o sentimento protetivo que eu sentia na presença de Biso. E aquele livro, o último escrito por meu bisavô, era a minha conexão com ele.

Peguei o livro mais uma vez e continuei a minha leitura.

Capítulo 7

Kodiak viu-se sozinho mais uma vez. Caminhou pensando no que a lontra havia lhe dito, sobre cada bétula ter que ter a sua raiz, mesmo que estejam juntas. Mas Kodiak não queria ter uma raiz só para ele. O urso-pardo mal conhecia a sua raiz.

Eu sou um urso e não uma lontra, pegou-se repetindo para si mesmo algumas vezes, como se não quisesse sentir nenhuma culpa.

E caminhando floresta adentro, desviando daquelas águas para não se deparar com Lutri, Kodiak raciocinou que, se quisesse encontrar sua mãe, teria que caminhar perto da água. Só era preciso ter mais cuidado dessa vez. E foi isso o que ele fez: passou a observar a água de longe, indo para perto somente quando queria beber água ou comer.

Perdeu as contas de quantos dias haviam se passado enquanto seguia o rio procurando por outros como ele. Chegou a ver um urso na outra margem, se aproximando, e isso despertou em Kodiak um sentimento muito forte de querer se aproximar. Mas, temendo o pior, preferiu só observar, fingindo que também estava por ali como um urso comum faria. Resolveu então subir a colina e ficar por ali, não oferecendo nenhuma ameaça para outros animais, apenas observando o que acontecia nas margens do rio.

Os animais desciam para as águas, famintos. Filhotes brincavam na água como ele fazia com sua mãe, e ela colocava outros ursos solitários próximo, para correr. Também aprendeu que havia uma distância tolerável entre eles, e que algumas vezes essa tolerância não era respeitada. E, quando isso acontecia, os ursos saíam em mordidas e arranhões nada amigáveis. Kodiak muitas vezes ficou em pé para imitar os movimentos dos ursos mais velhos, e foi assim que aprendeu que morder e recuar era o que os ursos faziam quando não queriam lutar.

O jovem urso também aprendeu que seu faro era muito bom, e podia sempre saber quando era também um urso que se aproximava com um outro animal em sua boca. Entre esses cheiros ele notou que, algumas vezes, havia o cheiro de um alce por perto.

– Mas, desta vez, não é um cheiro comum de alce – Kodiak falou para si ao notar que o vento trazia aquele cheiro familiar. – É *daquele* alce.

Com o tempo, depois de tantas tentativas de encontrar aquele animal misterioso, Kodiak simplesmente passou a ignorar a presença do animal, que pensou ter visto umas duas vezes do outro lado do rio, com suas galhadas surgindo por entre os ramos dos pinheiros. Era tão suave o caminhar do animal, que o urso chegou a pensar se ele era algum espírito ancestral dos alces ou um animal de carne e osso como ele.

– Não quero ver o ancestral dos alces – ele falou impaciente. – Quero ver os ancestrais dos ursos – repetia ele sempre que tentava cair no sono, lembrando-se das histórias que sua mãe contava, sobre como era bonito ver os ancestrais dos ursos. – Se um dia eu for capaz de ver algum, será que vou saber reconhecê-lo?

Mas nunca sonhava com eles. E assim passaram-se muitos dias, até que o sol não mais se escondia atrás das montanhas, e o verão se aproximou com todo o seu poder luminoso, que fazia com que todo o gelo derretesse e aumentasse ainda mais o volume dos rios, além de encharcar os sopés, o que deixava os musgos num tom de verde puríssimo.

Kodiak foi se sentindo mais confiante e, algumas vezes, não esperou que todos os ursos saciassem a sua fome e fossem embora para que ele pudesse descer a colina e ter a sua vez no rio.

Sempre que pegava os salmões, ele lembrava de Lutri, e muitas vezes se pegou olhando para a água com a esperança de vê-lo por ali para desculpar-se por sua grosseria.

Estava dormindo sob a sombra de uma grande pedra cercada por árvores quando escutou um grito de dor seguido de um ruído agudo e um rosnar assustador. Ele se levantou para ver o que estava acontecendo e se deparou com um urso-pardo tão grande quanto qualquer outro que já havia visto, apanhando um caribu. O animal já estava imóvel quando se aproximaram outros dois pequenos ursos do tamanho dele. Enquanto se fartavam com a carne do animal, Kodiak observava escondido e quieto, aliviado pelo vento não ter denunciado o seu paradeiro.

Olhava para a família de ursos como se aquilo pudesse trazer algum sentimento de alívio. Era como se aqueles filhotes e aquela mãe pudessem representar o que poderia ter sido a sua vida.

Depois daquele dia, Kodiak passou a tentar farejar caribus, e achou que talvez ainda fosse muito pequeno para atacar um. Descobriu que eles sempre desciam do alto das montanhas para comer os frutos silvestres que cresciam entre os musgos naquela estação.

Houve uma madrugada em que o sol estava no alto, passando atrás de um pico, quando despertou com algo que fez o seu coração saltar. Era um cheiro forte de carne podre com um rosnado sombrio, seguido de um som de animal que corria habilmente. Toda essa combinação lhe deu um mal-estar profundo.

Lobos, pensou ele desesperando-se, não sabendo onde poderia se esconder. Estava em silêncio, a não ser pelas águas que caíam constantemente ao longo do vale profundo. Então ouviu uivos que fizeram os pelos de suas costas levantarem. Kodiak tremeu tanto junto à rocha que imaginou que seus dentes se quebrariam de tanto bater uns contra os outros. Enfiou a cabeça no único buraco que havia ali, entre as rochas encobertas por um tapete de musgos cheios, mas seu corpo era muito grande para caber ali. Tudo ao seu redor parecia girar, uma tontura tão forte que ele sentiu deixar o corpo ceder, deitando-se rente ao solo, rogando aos ancestrais que os lobos não o encontrassem. Ele estava completamente indefeso e em pânico. Assim, sem saber o que fazer, decidiu ficar ali esperando que a alcateia fosse logo embora, se tivesse sorte.

***

Passou-se tanto tempo que Kodiak não soube precisar. Havia ficado tão exausto depois do que havia acontecido que só se deu conta quando uma voz arranhada falou ali com ele:

– Será um urso sem cabeça? – e a seguir riu, fazendo um barulho engraçado com o nariz.

Kodiak puxou a cabeça do buraco, tão rápido, que sentiu uma dor aguda no pescoço. Então se deparou com um animal que nunca tinha visto antes por aí.

– Se você não é um urso sem cabeça, então talvez seja um urso que pensa ser um coelho – riu o animal, mostrando seus dentes afiados e enrugando o focinho.

Kodiak não se assustou, afinal não era um lobo, e sim um outro carnívoro que não era maior do que uma raposa.

– Eu estava escondendo a cabeça da luz do sol – justificou Kodiak, mentindo para o animal que talvez não fosse de fato uma ameaça para ele. – O sol me incomoda.

– Não sei em que mundo você vive, se é no da doninha ou no do arminho, mas desse jeito você só vai conseguir é ser comido por outro animal – confessou num tom relaxado. – Kodiak arregalou os olhos imaginando que os animais aos quais ele se referia poderiam ser os lobos. – Aliás, aquela carniça ali é sua? – o carnívoro apontou com o focinho para o lado onde Kodiak viu o urso e seus filhotes se alimentando do caribu. – Eu estava farejando as redondezas quando me deparei com essa belezura de aroma.

O urso continuou olhando para ele, tentando desvendar que animal era aquele que falava tão relaxadamente e que aparentava não ter medo de nada.

Talvez seja um castor carnívoro, não, espera!, Kodiak pensou e viu que ainda estava tonto de sono. *Esse castor gosta de carniça, mas castor não come carniça.*

– Você é um castor? – o urso arriscou perguntar, sabendo qual seria a resposta.

– Não tinha nada melhor para você me comparar? – o animal praguejou parecendo revoltado, mas de um modo que não assustou o jovem urso. – Não podia ter perguntado se eu era um lobo, ou um até mesmo um lince sem pintas? Kodiak só continuou olhando, sem responder àquela pergunta. – Eu sou um glutão, e pelo visto você nunca ouviu falar em um – apressou-se a dizer, percebendo que não tinha um animal mais carnívoro que um urso ou estes em mente. Mas, vendo que Kodiak só o observava sem nada dizer, o animal deu a volta por trás do urso e continuou falando: – Glutões são seres famintos e temidos por onde passam. Meu estômago é quase do tamanho daquela pedra – falou, apontando para um rochedo.

– O rochedo é maior do que você – Kodiak soltou o ar sem muita paciência.

O glutão balançou a cabeça rindo, mostrando as dezenas de dentes afiados que tinha.

Sua pele lanuda e castanho-avermelhada revelava que era um tanto adaptado ao frio, talvez até mais mesmo do que um urso. As suas patas eram grandes e negras, com garras poderosas. *Talvez ele não tenha nem mesmo medo de lobos*, pensou Kodiak.

– Mas não vamos fugir do assunto, diga-me se aquela carniça ali é sua ou se posso terminar com ela antes que os corvos venham encher a goela.

– Essa carniça não é minha, é de um outro urso – Kodiak olhou para os lados e não viu o urso por ali e nem mesmo sentiu o cheiro dele ou dos filhotes. – Deve estar abandonada.

– Que horror! – falou o glutão. – Não se desperdiça uma bela carniça dessas! Já que não é mais de ninguém, então eu vou comer.

O urso viu o estranho animal correr para a carniça que estava há uns vinte metros dali. Então ficou pensando se aquele tipo de comida era algo que um urso deveria comer, afinal, nem mesmo a mãe com seus dois filhotes quis comê-la. O cheiro não era dos piores, e o urso caminhou para perto do glutão, farejando a carniça um pouco mais de perto. O estranho animal enrugou o focinho e deu uma mordida na direção de Kodiak, que deu um pulo para trás.

– Desculpe, é a força do hábito – falou o glutão meio sem graça. – Você quer provar? Pela sua cara, nunca comeu uma carniça. Caso esteja certo, você devia tentar, não é tão ruim quanto parece, ou você julga um bicho pela aparência e o cheiro?

– O cheiro é bem ruim – confessou o jovem urso.

– Quando você tem fome, isso aqui parece uma refeição de primeira – disse mordiscando um osso.

– Você está exagerando – Kodiak sentou-

-se ao lado dele, curioso com o comportamento daquele carnívoro que parecia ter uma autoconfiança muito maior do que a que ele mesmo tinha.

– Eu só digo verdades. Até que chega um dia em que você se acostuma, e tudo parece suportável – confessou o glutão soltando um arroto fétido, que fez Kodiak sair de perto.

Aquela conversa tinha deixado o urso cheio de dúvidas.

– Você acha que eu posso me acostumar?

– Você não reparou onde vivemos? Enfim, você não viveu muitos invernos ainda… Pelo tamanho, você ainda devia estar acompanhado de sua mãe. Mas, respondendo à sua pergunta, quando o mau tempo vem, a gente tem que se acostumar a ele, se adaptar! – disse o glutão como se aquilo fosse óbvio. – Sabe, essas coisas… Adaptar-se é o segredo da sobrevivência… Você pode se adaptar ao que estiver disposto a se adaptar.

E se não tiver disposto, o inverno dá um jeito de fazer você congelar.

– E como você consegue saber que se adaptou? – indagou Kodiak.

– Quando você percebe que seus hábitos já são suportáveis – explicou o glutão. – É como conseguir comer a carniça.

– Mas estamos no verão – falou só para ver qual seria a resposta. – Tem bastante rena por aqui para você caçar.

– E eu vou... Mas de qualquer maneira essa carniça ainda está muito boa.

O urso olhou para o carniceiro e então decidiu arriscar-se afundando seus dentes na carne do animal morto, e viu que o sabor não era dos melhores. Era como se algo estivesse errado em sua língua, como se aquele gosto fosse diferente do que deveria ser. Mas mesmo assim comeu, pois não quis parecer fraco e inexperiente.

– Como se chama? – perguntou o urso olhando para o glutão que comia com tanta voracidade que mais parecia devorar um caribu fresco.

– Yarv – respondeu ele com a boca cheia e sorrindo com a fileira de dentes de modo meio engraçado e amedrontador. – E você?

– Kodiak.

Capítulo 8

Aquele encontro com o glutão não havia sido em vão. O urso-pardo passou a acompanhá-lo pelas montanhas, decidido a aprender mais sobre os cheiros dos animais, e, quem sabe, com a experiência dele, poderia encontrar sua mãe verdadeira.

Talvez a brisa traga o cheiro dela diretamente para a gente, pensava Kodiak toda vez que Yarv comentava ter sentido o cheiro de um urso. Mas geralmente ele detectava fêmeas com filhotes ou machos por aí. E quando não era cheiro de urso, era cheiro de carniça. Yarv estava sempre os levando para as carniças, o que fez Kodiak perceber que o glutão não estava de fato interessado em caçar seu próprio alimento fresco, pois além de ter que fazer muito mais esforço para isso, ele teria que correr algum risco. Yarv, com o tempo, revelou-se um animal tranquilo e que não exigia muito da sua vida para sobreviver.

Não passou muito tempo e Kodiak já havia aprendido a farejar vários tipos de carniças e ver que, por mais que não fosse um urso, Yarv havia lhe mostrado como era importante se adaptar aos sabores para que não precisasse gastar tanta energia caçando sempre. Além disso, ele era en-graçado em seu modo estranho, sempre fazendo uma piada sobre algum animal que via, ou com o excremento de outros bichos. Kodiak passou a gostar da companhia de seu amigo, e assim pas-sou-se tanto tempo que o urso notou ter chegado o inverno outra vez e ele não havia conseguido hibernar. Talvez isso fosse porque ainda não ha-via encontrado sua mãe, somado ao fato de não querer perder a companhia de Yarv. O glutão era tão ativo que estava sempre indo para cima e para baixo das montanhas, colocando o focinho em tudo o que encontrava, e, se pudesse, comeria o dia inteiro.

– Hoje eu estou com mais fome que na semana passada, e você sabe por quê? – ele perguntou para Kodiak quando estavam deitados sobre a neve.

– Porque está ficando frio e você precisa manter o calor do corpo? – o urso respondeu sem ter certeza.

– É porque o meu estômago é do tamanho daquela pedra – Yarv disse de barriga para cima, apontando para um rochedo que se inclinava na frente deles.

– Você já fez essa piada sem graça, antes – Kodiak falou virando os olhos.

– É a verdade, não piada, e por isso é sem graça – respondeu Yarv se virando para olhar para o urso, como se isso fosse um tanto óbvio.

Assim passou um inverno inteiro quase em pleno escuro, exceto pelas penumbras que se formavam por um curto momento ao longo do dia. Esse era o único modo que Kodiak encontrava para entender que havia passado mais um dia de inverno. Muitas vezes Kodiak e Yarv escondiam-se em tocas para se protegerem de tempestades de vento e neve, que às vezes duravam dias. Mas muitas noites, um tanto mais frias, aquelas em que os cristais de neve intocados brilhavam piscando como se fossem pequenas luzes, o urso via o céu aberto cheio de estrelas, em que as auroras boreais apareciam, dançavam e sumiam repentinamente. E isso ele viu muitas vezes enquanto o glutão dormia pesado com seu estômago cheio.

A neve começou a derreter com o toque da primavera. O sol despertou e logo todos os ursos e outros animais estavam ativos outra vez. As renas voltaram a descer das montanhas para comer os brotos frescos das margens dos rios e os passarinhos e marrecos haviam voltado com seus bandos.

– Está sentindo esse cheiro? – o glutão parou, movendo o focinho no ar.

– Não me parece rena – respondeu o urso. – Mas tem algo familiar aí...

– É cheiro de carniça de alce – respondeu o glutão lambendo os beiços.

Kodiak arregalou os olhos, esperando que não fosse quem ele pensou que fosse. Mas sentiu certo alívio quando percebeu não ser o mesmo alce que havia falado com ele e que vez ou outra caminhava do outro lado do rio como se observasse o urso.

Kodiak permaneceu ao lado do glutão por um tempo maior do que esperava. Às vezes acreditava que cansaria de sua companhia, mas ele sempre o surpreendia com alguma coisa nova. Farejava a comida tão bem que Kodiak sentia-se sempre motivado a segui-lo, pois ao seu lado descobria sempre algo diferente que podia ser comido, ou dava a ele desafios como pegar o maior salmão que pudesse, raposa ou coelho.

Imaginou também que, com a experiência que o amigo tinha para rastrear outros animais, o bicho poderia farejar a sua mãe, mas os únicos ursos encontrados foram aqueles que comumente iam com ou sem seus filhotes para os vales que costumeiramente eles desbravavam. A mãe de Kodiak nunca passou nem perto do faro de Yarv, e nem mesmo a sua mãe humana.

– Farejou algum lobo? – o urso sempre perguntava ao amigo.

– Sim, venha ver! – o glutão falou apontando seu focinho à frente e se agachando para ficar próximo ao solo. Kodiak sentiu seu coração disparar com a adrenalina e correu para perto de Yarv, tentando ver onde estavam os lobos e se sentia algum cheiro que os denunciasse.

– Onde estão? Onde estão? – o urso mostrava seus dentes e tremia.

– Bem ali, depois daquela bétula caída e cheia de folhas!

– Não consigo ver... – falou ele se aproximando devagar e mostrando os dentes.

– Continue indo nessa direção. Ele está com medo de nós, por isso está se escondendo.

Kodiak correu na direção indicada enquanto rosnava, e tentou farejar todos os arbustos que viu, mas não conseguiu sentir nenhum cheiro de lobo.

Foi quando o glutão saltou nas costas de Kodiak e o fez rolar pelo chão com ele, numa disputa entre dentes. As garras de Kodiak batiam no glutão tentando derrubá-lo para que ficasse por cima dele, mas o carnívoro voraz, por mais preguiçoso caçador que fosse, era muito mais experiente em lutas como aquela do que Kodiak, apesar de o urso ser maior do que ele.

Então o urso percebeu que seu atacante estava afrouxando os dentes e a força com que o mordia, e aquilo fez urso também afrouxar a tensão. Yarv mordia a bochecha dele e gargalhava. Kodiak, bravo e ao mesmo tempo tranquilo por saber que tudo não passava de uma brincadeira tonta de um glutão sarrista, também ria, lutando enquanto tentava se desvencilhar das mordidas do amigo, mas ele era muito mais rápido do que o urso.

– Você deve ser o único filhotão que quer morrer na boca de um lobo – disse o glutão recuando ofegante com os pelos ao redor da cabeça completamente ensopados da baba do urso.

– Eu não vou morrer na boca de um lobo – responder irritado. – E eu já não sou mais um filhote, caso não tenha percebido.

– Eu disse um lobo? – corrigiu-se Yarv. – Você tem razão, se continuar desse jeito, procurando encrenca com lobos, vai acabar morrendo na boca de uma alcateia inteira!

Kodiak saltou para continuar a luta, e o glutão logo se cansou, dando-lhe uma mordida mais forte, e isso foi o suficiente para manter Kodiak afastado. Mas por um tempo. No dia seguinte, quando teve a chance, Kodiak saltou no pescoço do glutão e mais uma vez brincaram de lutar até os pelos ao redor de Yarv e Kodiak ficarem com o cheiro das carniças que comiam. Brincavam tanto de luta que às vezes saíam tontos e tão fedorentos que tinham que tomar um banho no rio em seguida.

A cada nova luta, Kodiak se mostrava mais esperto e rápido para atacar. E o urso foi fingindo em sua cabeça que o amigo era um lobo que havia vindo para brigar com ele, mas isso às vezes fazia Kodiak apertar o amigo um pouco mais forte com os seus dentes, mas, logo que percebia um grito de Yarv, afrouxava a mordida para não machucá-lo. As lutas geralmente terminavam com Yarv caído gargalhando com o focinho enrugado e a língua para fora. Kodiak ficava sentado torto, rindo com metade de sua cabeça num pelo fofo, e a outra metade espigada com os pelos congelados e malcheirosos.

— Está ouvindo? – Kodiak se levantou no meio de uma madrugada de outono, quando o sol já estava quase hibernando e tornado as noites mais frias outra vez. Então, apurou o faro e os ouvidos. Yarv abriu os olhos e levantou o focinho, exausto. Puderam ouvir um uivo seguido de outro. Os lobos simplesmente pareciam estar do outro lado da montanha, no vale em que eles ainda não haviam ido.

— Você me acordou para querer ir brigar com eles? – o glutão falou e se acomodou com a cabeça sobre as patas, tentando voltar a dormir. – Dorme, Kodiak. Quando você estiver louco o suficiente, daí você briga com os lobos. Nenhum bicho briga de graça. Só se briga de verdade para defender o que é seu.

Ao terminar essas palavras, Yarv já estava

roncando outra vez. Kodiak ficou ali, sentado, olhando para o horizonte escuro onde as montanhas se perdiam.

Quando seus olhos estavam novamente se fechando, ouviu outra vez os uivos, e desta vez o urso se levantou e caminhou adiante, sentindo seu coração bater forte, como se tentasse sair por sua garganta. Havia um desespero em seu olhar, um sentimento de tanto medo que Kodiak percebeu estar tremendo e não foi possível dar mais nenhum passo.

Ficou ali parado, ouvindo os uivos como se cada um deles entrasse em sua respiração, e isso o tornasse cada vez mais fraco, como se o ar também não fosse suficiente. Kodiak, então, notou que sua visão escurecia e uma tontura o acometeu como se sua cabeça girasse, para um lado, e o mundo escuro girasse, para o outro.

Ouvindo somente os uivos e a batida do seu coração, Kodiak viu um grande urso ao lado dele, fugindo de algo sombrio. Fugia de um animal que corria esquisito, em pé, sobre as patas traseiras, e que atirou pelo ar um estranho ferrão afiado. Houve um baque surdo, e Kodiak notou que havia acertado o grande urso, fazendo um líquido escuro se derramar de sua perna. O animal urrou e correu o mais rápido que pôde. Kodiak, que corria junto, reconheceu o perseguidor, um ser humano, que foi ficando para trás na floresta.

Correram vale abaixo, cruzando parte da floresta, até que se depararam com um paredão de rocha íngreme impedindo-os de subir para continuar a fuga. Ali, Kodiak viu que o grande urso contornou o paredão, até que foi possível encontrar um modo de passar por ele, por um lado não tão íngreme, e logo estavam subindo outra colina.

Foi quando escutou uivos seguidos de uivos, e o grande urso gritou numa voz familiar para que Kodiak corresse o mais rápido que conseguisse, se escondesse numa toca e não saísse de lá. Foi assim que ele imediatamente reconheceu a voz de sua mãe. O filhote estava tão assustado que correu num disparo, em direção ao alto da colina. Ouviu então o som de uma briga tão amedrontadora que fez todos os outros animais nas proximidades silenciarem. Num susto, Kodiak percebeu que os urros e rosnares vinham de sua mãe, e por um segundo ele se virou e a viu cercada por uma alcateia que travava uma batalha sobre ela.

O pequeno filhote tremia horrorizado, correndo sem cessar, até se deparar com um buraco pequeno, de dentro do qual uma lebre assustada saiu, num salto. Ali Kodiak entrou e ficou tremendo, chorando, mal conseguindo se mover. Às vezes ele não conseguia entender se escutava seu próprio choro ou se de fato eles vinham de sua mãe.

Mas uma nuvem escureceu sua visão mais uma vez, como uma névoa que não queria sair, pesada, que nem mesmo os ventos conseguiram remover. Assim, Kodiak correu para além dela, saindo da toca de lebre, vendo que estava subindo ainda mais a colina, quando notou, de repente, que não havia voz alguma ou qualquer sinal de uivo ameaçador. Dali ele pôde ver uma pedra que estava bem próxima de onde viu sua mãe pela última vez. Não havia qualquer movimento que denunciasse a presença dela e nem mesmo dos lobos.

Kodiak gritou, chamando por sua mãe, mas não havia nenhum sinal de resposta. Apenas alguns corvos que saltavam de um lado para o outro, perto de onde toda aquela briga aconteceu. As aves pulavam sobre a grande pedra que ali havia, e outro corvo logo vinha para espantá-las.

Quando toda a névoa se dissipou de seus olhos, Kodiak ouviu mais um uivo, que veio do outro lado das montanhas, reverberando pelos vales até chegar onde ele e o glutão estavam repousando, e finalmente pôde ver. Apertou os dentes quando entendeu que seus olhos ingênuos não eram maduros o suficiente para entender que aquela pedra não era na realidade uma pedra.

Aquela visão encoberta pela névoa se esvaiu com sua maturidade. Naquela noite, o urso não voltou a dormir. Ele nunca conseguiu dormir direito, e talvez, depois daquele dia, fosse ainda mais difícil. Ele sabia que sua mãe não voltaria para ele. Nunca mais.

Capítulo 9

O inverno chegou com o congelar das águas e dos rios. Kodiak sabia disso, pois ainda se lembrava dos dizeres de sua mãe sobre as águas descansarem paradas nas plantas. Nevava e, quanto mais a neve caía pesada, mais ele se sentia cansado.

– Já te falei, você precisa hibernar – insistia o glutão olhando para o urso cheio de olheiras e que costumava dar aquelas longas suspiradas com um chiado, daqueles que fazemos quando estamos exaustos. – Eu ainda não o vi cavar a sua toca.

– Eu não gosto de dormir, você sabe disso – falou o urso temendo que ele o questionasse sobre isso mais cedo ou mais tarde.

– Não gosta de dormir ou não consegue dormir? – o glutão fechou um olho e fez uma careta mostrando os restos de um galho que ele roeu, entre os dentes.

– Eu não consigo porque não gosto – respondeu simplesmente. – Eu também não o vi cavando seu buraco de hibernar.

– Ha, há! É porque os glutões não hibernam. Ursos, sim – Yarv enfiou a cabeça na neve e puxou outro galho que encontrou para roer.

– Isso não é justo, pois quem inventou essa regra sem sentido? – Kodiak respondeu se sentindo pressionado, ouvindo o amigo quebrar o pedaço de bétula com os dentes.

– A sobrevivência – disse o glutão, sem rodeios. – Alguns animais há muito tempo descobriram que, para sobreviver, eles precisam hibernar no inverno. Não reparou que os esquilos desaparecem nessa época do ano? E alguns outros roedores também.

– Eu não sou um esquilo! E você sobrevive ao inverno! Está dizendo que eu não consigo? – o urso franziu o focinho.

– Por ora, você pode conseguir enquanto é pequeno. Mas vai ser difícil dividir a pouca carne que resta no inverno com um urso grande – reclamou Yarv.

– Eu também posso encontrar carniça, se é que você ainda não percebeu – Kodiak saltou sobre o glutão e rolaram numa batalha de mordidas amenas, em que Kodiak muitas vezes era vencido pelo cansaço. Yarv era o carnívoro mais agitado que Kodiak já havia conhecido, e a cada novo dia seu cansaço não lhe permitia ir além do que ele gostaria.

– Algum dia vão pensar que você é um glutão, e não um urso – riu Yarv. – Já sei por que você alcança as renas quando correm de você. Elas dizem: É um urso, não! É um glutão! Espera, é um glurso! Você tem certeza? E quando se viram para checar, você pega elas – Yarv ria e Kodiak jogou com o focinho um punhado de neve suficiente para cobrir a cara do glutão.

De fato, quem os visse, pensaria que o urso acreditava ser um glutão e passava a ter alguns dos seus hábitos.

E naquele inverno não foi diferente. Mas Kodiak se pegava com os olhos caindo de sono e com mais fome do que de costume. Percebeu que perdia peso, mas preferia não demonstrar suas necessidades ao amigo, sempre comendo o mesmo tanto que ele e, às vezes, até menos.

Ele ainda não estava convencido de que precisava dormir e não conseguia bem explicar por quê. O que ele bem sabia era que havia um medo muito profundo dentro dele, e que ele não tinha coragem de enfrentar. Hibernar, como sua mãe dizia, podia conectá-lo com os ancestrais. Mas ele também já não sabia se isso era verdade ou história para filhotes ingênuos caírem no sono.

Dormir demais, para Kodiak, podia significar a sua fraqueza para que os lobos o achassem e o comessem enquanto nada veria.

Não!, ele dizia a si mesmo toda vez que esse pensamento lhe vinha. *Não, eu não vou hibernar.*

Assim sendo, por todo o inverno passou dias correndo com glutão subindo e descendo montanhas em busca de carcaças escondidas sob os amontoados de neve infinita.

Capítulo 10

Kodiak olhava para o vale, ali do alto de uma colina cercada por árvores e musgos congelados, quando finalmente viu uma alcateia entocando caribus para a parte íngreme do vale.

– Eles não me perceberam aqui – pensou o urso, que viu uma vantagem nisso.

Mostrou os dentes num esboço de um sorriso. Yarv também não estava ali. Não era todo dia que o urso tinha disposição para acompanhá-lo, além de também ter percebido que o glutão às vezes deixava mais comida para ele. No entanto, Yarv ficava mais bravo e faminto, de modo que Kodiak decidiu seguir seu caminho para caçar algo para comer, enquanto o glutão tratou de ir mais ao longe buscar a sua carniça.

O urso viu um caribu atravessar a colina e se assustar ao quase trombar com ele, que parecia uma pedra redonda coberta por neve. Mas Kodiak não se moveu. Encolheu-se esperando que a neve que caía o cobrisse um pouco mais, camuflando-o com o chão escuro e branco da floresta. O urso enfrentou todos os seus fantasmas para estar ali, diante da espécie que havia tirado a mãe dele. Agora era a sua oportunidade de enfrentar o seu medo.

Kodiak não estava nem um pouco interessado no caribu que havia cruzado com ele, e sim na alcateia que viria a seguir. E ela veio com tudo. Tremia, mas manteve-se parado até que finalmente saltou sobre um dos lobos e o pegou na boca com a facilidade com que ele pegaria uma raposa. Apertou tanto os dentes que, quando jogou o lobo para longe, viu-o cair na neve e ela ficar vermelha.

O cheiro do sangue deixou os outros lobos agitados, que avançaram raivosos, enquanto Kodiak usava de seu tamanho para afugentá-los. Ficou em pé e pendia o corpo para a frente, deixando suas garras atingirem o chão enquanto mordia cada lobo que vinha afugentá-lo. Os carnívoros podiam ser menores que ele, mas eram mais rápidos e em maior número. O urso chegou a contar seis ao todo, mas logo percebeu que os lobos eram inteligentes demais para um animal que tinha a cabeça menor que a dele. E ele confirmou isso quando viu os lobos o rodearem e morderem seus calcanhares, enquanto se ocupava avançando contra aquele que parecia ser o mais corajoso e ia à frente no grupo.

Kodiak pulou na direção daquele lobo e bateu sua garra contra ele, vendo-o rolar para longe. A seguir, viu que a boca de outro lobo havia saltado à sua garganta e estava dependurado nela. No mesmo instante, o urso sentiu seu flanco ser perfurado e puxado, e a dor foi tão intensa que o urso se virou, deixando o lobo líder, que tentava agora morder suas patas.

Kodiak se virou e abocanhou o lobo que o segurava pelo flanco, e essa foi a oportunidade para os outros saltarem sobre ele e o morderem nas áreas mais vulneráveis. Em segundos, Kodiak já estava caído ao chão, preso entre os dentes afiados e mortais daquela alcateia.

Em um suspiro, o urso percebeu a besteira que havia feito. Havia apenas dor suficiente para sentir seu corpo fraquejar e seu orgulho ser congelado por uma avalanche de dentes. Entre um suspiro e outro, ele tentava lutar outra vez. Debatia-se e urrava, tentando mover a cabeça, mas seu pescoço estava ainda preso nas mandíbulas dos lobos.

Havia cheiro de sangue de urso, mas também havia cheiro de sangue de lobo. E não foi só o que Kodiak farejou. Havia cheiro de um outro animal que se misturava com todos aqueles cheiros juntos. Um chiado também percorreu o vale, seguido por estalos e um brilho, uma movimentação estranha, mas que havia alguma familiaridade para o urso.

Nesse momento ele só se lembrava de ter visto os lobos correrem e deixarem-no lá caído, enquanto sentia a neve que descia do céu e tocava a sua pele como se fossem dentes raivosos sobre suas feridas. O frio que veio com a neve deixou o urso estático, enquanto via o brilho se aproximar dele, crepitando e ofuscando sua visão. Mas seu olfato não o enganava, aquele cheiro amargo que vinha do brilho era assustador, mas ao mesmo tempo familiar. Mesmo assim não houve tanto medo quanto aquele que sentia dos lobos. Houve calma. Uma calma que não soube explicar.

Suas pálpebras penderam, caíram sobre seus olhos tristes. Foi assim que o urso se entregou ao seu pesado sono de inverno.

Capítulo 11

O urso sentiu seu corpo enfraquecido, pesado demais, e não conseguia abrir seus olhos. No entanto, uma curiosa sensação o atingiu, pois, mesmo de olhos fechados, Kodiak foi capaz de ver a forma de um urso, ao seu lado, deslizando pelo vale em que estava.

Seus olhos exaustos não tinham qualquer controle. Era como se estivesse sob uma pedra maior do que ele e que o impedia de caminhar. Mais uma vez tentou abrir as pálpebras, mas os pequenos olhos não se abriam. Mesmo assim, conseguia ver a forma daquele urso que caminhava pelo vale como se flutuasse em sua direção, não causando qualquer ruído enquanto caminhava.

Eram como animais luminosos em sua mente, mas talvez eles não fossem assim de verdade. Kodiak ficou confuso, mas também não estava tão disposto a lutar contra aquela condição que o rendia. Também não percebeu as formas de neve. Não sentia tampouco o musgo sob suas patas ou boca. Mas sabia que tudo aquilo estava ali, com as suas formas luminosas que via. Mas, como disse, talvez elas não fossem assim de verdade, ou talvez essa fosse a verdadeira forma de tudo.

Kodiak tentou mover a cabeça de um lado para o outro, notando que ali também estavam outros ursos, ou formas de ursos que se aproximavam. Sentiu medo, até entender que não estavam ali para machucá-lo. Ele só podia ouvir a respiração de todos eles ao seu redor, o que durou algum tempo, que julgou ser um tanto longo, mas não sabia dizer o quanto. Era como se o cobrissem com uma pele lanuda do caribu e o aquecessem em seu confortável espaço de descanso. Percebeu a pata de um desses ursos tocar o seu ferimento e, tão logo pensou ter dormido outra vez, acordou com uma dor que pareceu amena.

Um amontoado de vozes e sussurros correu ao redor de suas pequenas orelhas. Por um momento, Kodiak esqueceu-se de que estava ferido e percebeu-se caminhando pelo Vale dos Ursos na companhia de outros ursos.

Por um instante, Kodiak sentiu que sua mente descansava, como se um sono o tivesse tomado e um som de respiração o conduzisse àquilo, embalando-o num compasso familiar. A respiração e todo aquele som trouxeram uma tranquilidade que Kodiak não entendia. Foi assim que, após tentar tantas vezes abrir os olhos cansados, ele conseguiu entreabri-los numa fresta, vendo os contornos luminosos de uma grande ursa deitada ao seu lado, respirando tranquilamente naquele compasso que ele tanto conhecia.

– Mãe! – Kodiak disse, levantando-se exaltado. – Mãe, você me encontrou!

– Kodiak – ela falou com a mesma voz de que ele se lembrava. – Eu o esperei por tanto tempo – as luzes ao redor de sua mãe a iluminavam como as luzes do norte que vinham com o inverno e que tanto Kodiak se questionava sobre o que elas deviam ser.

– Mãe! – repetiu ele como se quisesse ter a certeza de que era ela. E, enquanto a admirava, sentiu seu corpo pequenino, como se ainda fosse um filhote. – Como isso é possível? Eu pensei que os lobos a tivessem levado!

– Os lobos... – ela falou como se tentasse se lembrar, e quando fez isso lhe veio um semblante de tristeza. – Mas o que importa é que você encontrou o caminho para me achar.

– Encontrei? – Kodiak falou, levando um susto ao se lembrar de que os lobos também lutaram com ele. – E-eu também morri...

– Morrer? – a mãe olhou para ele como se estivesse confusa. Então tocou o seu grande focinho em sua testa e sorriu. – Kodiak, você não morreu. Você está hibernando!

– Hibernando? – ele repetiu num sobressalto. – E-eu nunca consegui dormir mais do que a noite curta da primavera.

– Então você conseguiu! – exclamou ela. – Você agora pode descansar com sua mãe como todos os ursos fazem. Eles descansam e se reencontram.

– Se reencontram? – Kodiak estava cada vez mais confuso com o que ouvia. Ele só se lembrava de que estava realmente cansado.

– Você não se lembra de eu ter-lhe dito que todos os ursos-pardos devem hibernar? Desse modo podemos nos conectar os ancestrais e aprender muito sobre a sobrevivência dos ursos.

– E-eu... – Kodiak balbuciou vendo quanto tempo havia perdido desacreditado. – E-eu não achei que fosse verdade – confessou. – Pensei que isso fosse só uma história para me convencer a dormir.

– Veja – ela falou apontando seu focinho para o Vale dos Ursos. – Ali embaixo estão os pais de todos os ursos e eles nos levam para pescar os salmões e caçar os caribus – ela explicou e Kodiak viu as luzes com formas de ursos reunidas no rio, como se compartilhassem um momento importante entre todos.

Kodiak viu que até os salmões e as águas eram luminosos, como no tom neon das auroras, como se toda a essência de tudo que existisse fosse proveniente dela.

– Se eu acordar, espero que consiga saber como hibernar outra vez.

– Você vai conseguir – ela falou muito otimista. – Você só precisa fazer a sua toca e esperar que os ancestrais coloquem o peso de suas patas sobre os seus olhos.

Kodiak sabia que já havia escutado aquilo há muito tempo. Ficou olhando para ela e percebeu como estava feliz. Se pudesse, jamais se separaria dela outra vez. Não conseguia se lembrar como havia conseguido hibernar, pois a última lembrança que tinha era de estar enfrentando os lobos. Mas aquilo não mais importava, ele já havia conseguido encontrar o caminho, e precisava desfrutar de sua hibernação antes que ela terminasse.

Então, ele ficou ali ao lado dela, caminhando pelas colinas e se dirigindo para o vale, onde encontraria os pais de todos os ursos. Ali, ele teve a sua primeira lição de pesca dada por sua mãe, e com ela apanhou os peixes que se fartou de comer.

– Por que aqui é sempre noite? – o urso perguntou a sua mãe, e a seguir olhou para suas patas entendendo que elas haviam crescido. Ele já não tinha mais o tamanho de um filhote e o tempo havia passado sem ele perceber.

– A Noite Polar é que permite que você se sinta cansado e não acorde – ela explicou. – Ela é uma força muito poderosa que vem das montanhas, fazendo com que o sol também queira dormir. Quando o sol vai hibernar, a Noite Polar então coloca todos os ursos para dormir.

Kodiak ouvia aquilo com espanto, concluindo que a Noite Polar só podia ser algo muito poderoso, uma força que os seus olhos não podiam ver, mas que claramente ali estava influenciando a vida de todas as criaturas.

– A Noite Polar é uma força com vontade própria – explicou a ursa. – Você vai senti-la mais cedo ou mais tarde quando o inverno chegar, e você terá que se adaptar a ela. Infelizmente os seres que não se adaptam perecem. Mas a Noite Polar não é uma força ruim. Ela é um balanço para equilibrar a explosão de vida que acontece no ártico durante a primavera e o verão. Ela vem para dizer a todos os seres que está na hora de descansar.

– É por isso que as folhas ficam escuras no outono, e, no inverno, dormem sob a neve – concluiu Kodiak notando que tinha quase o tamanho de sua mãe.

– Exatamente – ela concordou. – E na primavera elas acordam para se renovar. É nessa mesma época que nossos pelos também começam a cair para que outros novos cresçam. No inverno a névoa vem e traz a nevasca do norte. Então, o sol já está dormindo, e, quando menos esperar, você também estará.

E, assim, dias se seguiram e Kodiak se viu entre os ursos ancestrais, caminhando pelo vale, aprendendo tudo o que queria saber sobre a vida dos ursos. Até que houve um dia em que olhou para sua mãe e ela somente balançou a cabeça, como se compreendesse algo que ele não podia ver. Kodiak sentiu apenas uma gota fria e molhada sobre o seu focinho e escutou seu estômago roncar. Assustado, ele se aproximou de sua mãe e ficou com os olhos tristes, entendendo que estava quase na hora de partir. Permaneceu com os olhos fechados, tentando ficar o máximo possível, mas logo notava que as luzes dos seres foram desaparecendo, que as formas brilhantes foram se apagando para apenas lhe restar a escuridão outra vez.

Foi assim que Kodiak abriu os olhos, notando que estava sob uma toca de neve, e ao seu redor havia gelo. O gelo que o protegia contra as tempestades que ocorreram do lado de fora. Uma toca que ele jamais havia escavado. Alguém o havia colocado lá.

Kodiak cavou para sair de dentro da misteriosa toca, e percebeu que as coisas ao seu redor não estavam como antes. O sol brilhava tão forte que ele mal conseguia ficar de olhos abertos. O rio ali embaixo corria livre do gelo e o musgo que surgia sob a neve derretida era muito verde.

– Agora vou ter que esperar muito tempo até que o sol hiberne e eu também – falou chateado, esperando que realmente soubesse como hibernar da próxima vez. – O que foi que aconteceu? – olhou ao seu redor, ouvindo um chiado estranho que talvez viesse da cachoeira. Tentava se lembrar do que havia acontecido para que caísse naquele sono profundo. Chacoalhou a cabeça e percebeu que talvez aquele chiado estivesse dentro de seu ouvido.

Usou as garras na toca, destruindo-a por completo, percebendo que ao fundo dela havia sangue seco na parte mais funda e dura. Sentiu um calafrio ao se lembrar de que havia lutado com lobos antes que caísse naquele sono.

– Os lobos fugiram de algo, caso contrário eu teria morrido – concluiu farejando o ar duvidoso, não encontrando qualquer rastro de lobo. Mas um cheiro em particular chamou a sua atenção. Ele tinha um aroma carregado de madeira e seiva, de certa forma um pouco familiar a todos os cheiros com que já havia tido contato. Então, foi tomado de um calafrio ao notar que isso lhe trazia lembranças também não tão antigas. E foi caminhando na direção daquele acento amadeirado que Kodiak atravessou a colina. Ali no vale, ao lado do rio, ele viu um grupo de animais que caminhava sobre as duas pernas traseiras.

Suas tocas estavam erguidas em couro de animais lanudos, e assim Kodiak viu o brilho que espalhava a fumaça escura. O mesmo brilho que o urso-pardo compreendeu liberar o aroma amadeirado presente no ar quando sua mãe adotiva vinha lhe aquecer na caverna.

Seria ela?, o urso pensou consigo mesmo, caminhando para uma colina um pouco mais alta e plana, onde tentou observar e entender o que estava acontecendo. Escondeu-se atrás de uma pedra ao ouvir sons de passos. Dali, ele viu uma figura que não era exatamente como esperava. Não se parecia exatamente com sua mãe, que andava sobre as duas patas e carregava seus filhotes, e sim com uma versão dela um pouco menor, com expressões tão semelhantes que Kodiak ficou hipnotizado.

A jovem humana caminhava seguida por uma figura que também devia ter a metade de seu tamanho e semelhantes feições. Nas mãos da maior, havia uma truta fresca. O curioso animal, que Kodiak antes pensou ser um urso sem pelos, caminhou ao redor de onde estava a toca que manteve Kodiak hibernando. Foi como se um véu de luzes ancestrais tivesse caído em sua cabeça, e ele viu que agora tudo fazia sentido.

Elas não carregavam o mesmo ferrão que feriu a verdadeira mãe de Kodiak, e não estavam ali para machucá-lo. Elas só estavam tentando repetir o gesto antigo de sua mãe.

Kodiak, vendo que elas encontrariam uma toca vazia, aproximou-se lentamente, revelando-se por detrás da rocha. A maior avistou o urso olhando para ela, estático. Ele a viu agitar a truta na mão e, a seguir, colocá-la ao solo. Elas deram mais uma boa olhada no urso e se retiraram, descendo a colina em direção ao acampamento.

Kodiak alimentou-se da truta, pensando sobre onde poderia estar a sua mãe adotiva, pois nunca mais havia aparecido para ele, e ela não estava nem mesmo com seus filhotes.

Talvez ela também tenha ido viver no mundo ancestral dos humanos...

Capítulo 12

Caminhando ao lado do percurso do rio, Kodiak sentiu o cheiro de um animal que se aproximava do outro lado da margem. Um cheiro forte de baforada de peixe, de um focinho sujo de sangue, mas que ao mesmo tempo o fez vislumbrar, em sua memória, que aquele odor vinha de um outro urso-pardo. Levantou a cabeça e mexeu o nariz, farejando, apurando os ouvidos na direção em que foi capaz de escutar o caminhar do urso passante.

Que estranho, pensou Kodiak notando que o animal caminhava muito devagar. *Ele não parece estar indo beber água do rio, nem mesmo pescar… Espere um pouco…*

Então Kodiak entendeu o que estava havendo. Havia um animal mais abaixo, que dava mergulhos na parte rasa do rio, como se brincasse de uma perseguição.

Preciso correr!

Kodiak sentiu um frio na barriga quando viu que, na outra margem do rio, estava Lutri, com um filhote. Isso fez o urso sair num disparo, sem pensar no que estava fazendo, sentindo que seu corpo estava ainda fraco, com as reservas de comida a serem respostas, e até com os ombros meio doloridos, talvez devido à última luta mal curada.

Não vai dar tempo..., falou ele percebendo que urrar para as lontras só pioraria as coisas, pois as espantaria para o barranco por onde o urso que caçava se aproximava.

Kodiak sentiu suas patas molharem e jogou o seu corpo contra as águas, impulsionando seu pesado corpo contra o largo rio, forçando-o contra si e tentando alcançar a outra margem antes que o urso-pardo estranho estivesse perto o bastante para ameaçar as lontras. Mas logo Kodiak pôde sentir o seu cheiro de modo mais acentuado.

– Lutri! – berrou o urso esperando que seria ouvido. As lontras pararam na hora de brincar, e olharam assustadas, procurando por aquela voz tão sobressaltada. – Lutri! Atrás de você!

Então, Kodiak viu a imagem do carnívoro surgir numa explosão de energia, uma corrida impetuosa e, se não fosse por aquele aviso, um segundo a mais teria sido suficiente para pegar as lontras desprevenidas. Lutri e seu filhote, num só movimento, impulsionaram suas caudas num movimento impensado que os atirou para dentro do rio.

O caçador viu o urso que havia estragado a sua emboscada aproximando-se, e então rosnou ameaçadoramente para ele. Kodiak já alcançava a margem, de modo que a visão que havia das lontras tinha se perdido em meio ao movimento das águas, e, assim, o brilho prateado do líquido despistou o cheiro e qualquer sinal delas.

O urso se aproximou exaltado para perto de Kodiak, mostrando seus caninos com voracidade e raiva, afinal, Kodiak havia feito ele perder sua presa para nada. Era comum que ursos disputassem por vezes a mesma presa, mas nem isso pareceu interessar ao urso intrometido que apareceu para atrapalhá-lo.

– Você só pode ser um animal muito tolo – disse o urso que caçava. – Acabou com minha emboscada para nada! Nem sequer tentou roubar a minha presa! Um tolo assim vai morrer de fome.

Kodiak sabia que não teria forças para brigar com um urso no início daquela primavera. Estava tão cansado e faminto! Apostando que ainda fosse muito cedo para o outro urso também querer entrar numa briga, Kodiak apenas se levantou para parecer maior do que era, aproveitando-se de uma rocha onde tentou firmar os pés de modo que pudesse parecer assim. Não disse uma só palavra, com receio de que isso pudesse ferir o ego do outro urso, pois, se fosse com ele, provavelmente ficaria muito ofendido. Então, ali em cima rugiu com toda a força que podia, usando daquele seu último artifício para tentar convencer o urso de que não se aproximasse ou haveria uma briga muito feia.

O animal, que queria muito comer lontras, deu um passo à frente, mas por um momento falseou o caminhar, percebendo que a carne de uma pequena lontra desaparecida num rio largo e tão comprido não valeria uma luta sangrenta com outro urso. Assim sendo, Kodiak viu o oponente recuar, ainda protestando contra ele, e a seguir caminhou para longe, descendo a margem do rio até desaparecer de vista.

Kodiak ainda ficou ali por algum tempo,

de modo que se assegurasse de que o outro urso não fosse voltar tão cedo. Foi assim que viu Lutri aparecer do outro lado do rio, camuflada sob a sombra de uma rocha, ao lado de seu filhote, que, confuso, tocava o focinho dele no dela, e que por vezes olhava para o outro lado soltando chiados agudos no ar, como se lhe fizesse muitas perguntas. Lutri olhou fixo para o estranho urso, por alguns momentos, tentando entender o que havia acabado de se passar.

Kodiak compreendeu que ela temia se aproximar, afinal, ele havia mudado um bocado, já era um urso crescido, e os animais deviam saber quão famintos estes outros eram no início da primavera, após despertarem da hibernação.

Desse modo, vendo Lutri olhá-lo pela última vez com um brilho nos olhos, entendeu que as diferenças do passado já não mais existiam entre eles. E, assim, o urso se virou e seguiu o seu caminho.

Capítulo 13

Kodiak alimentou-se o máximo que pôde dos gordos salmões, recuperando parte da energia que o manteve vivo no período em que hibernou. Nos dias que se seguiram, pouco pensou em lobos e muito menos em brigas. Reparou que seu ouvido estava diferente desde que havia despertado da hibernação, mas ele não sabia dizer se era devido à briga com os lobos, ou se a hibernação havia alterado alguma coisa nele. Era um ruído que o acompanhava dia e noite, e era sempre mais presente quando ia dormir. Era como se algo estivesse bem escondido dentro de sua cabeça e só se mostrasse quando ele respirava, quieto.

– Como tem passado? – perguntou Yarv quando o viu passando por um platô de musgo e frutas silvestres.

– Eu estou bem, procurando algumas lebres para variar no desjejum.

O glutão riu, apontando o focinho na direção do declive que estava logo atrás deles.

– Ali achei uma carcaça de lebre. Mas não tinha muita coisa para comer – foi quando de repente ele mudou de assunto. – E este inverno? Conseguiu hibernar? Procurei por você e não o encontrei, achei que tinha morrido.

– Consegui – o urso confessou. – Mas não sem antes sair nas garras com uma alcateia.

– Você é mesmo mais doido do que qualquer outro bicho – o glutão balançou a cabeça. – Para você dormir, só apanhando de uma alcateia, mesmo – riu Yarv, e Kodiak dessa vez também riu.

– Bem, não vou atrapalhar o seu desjejum,

bom saber que está mais descansado, apesar das cicatrizes de mordidas, mas nem tudo é perfeito – o glutão apanhou um pedaço de galho e saiu mastigando. – Farejei uma carcaça de alce a meio quilômetro daqui. Gostaria de dividir?

– Obrigado, mas fica para uma outra vez – falou o urso imaginando qual alce seria aquele. – Hoje estou num dia de exercícios de caça. Hibernar me deixou mais animado.

– Bom saber disso, você parecia bem mal--humorado – confessou Yarv com a boca cheia. – Bom, a gente se vê por aí – e saiu correndo, desaparecendo pelas colinas do platô.

E, despedindo-se do glutão, Kodiak saiu farejando uma lebre não muito longe dali, notando que aquele estranho ruído em seu ouvido também estava presente, indo e vindo, como as brisas e os ventos que se agitavam em direções confusas quando cercado por montanhas.

Talvez isso me prejudique em algumas caçadas,

pensou ele quando o vento batia contra o ouvido direito. Mas ele ainda farejava melhor do que escutava, e isso não seria um problema tão grande para um urso como ele. No fundo, ele sentia que a briga com os lobos havia realmente deixado aquela sequela.

Após encontrar as lebres que o alimentaram naquela tarde, o urso-pardo bebeu um pouco da água do lago que repousava sobre o platô da montanha e resolveu ficar um pouco ali, sob a proteção de uma parede de pedras que barrava a ventania. Um lugar que o fez sentir-se protegido e tranquilo. Ainda assim, ficou olhando para a paisagem do vale, onde sabia que as águias ficavam para escolher o alimento e observar toda a vida dos passantes.

Foi quando ouviu um baque surdo e suave por sobre os musgos macios. Kodiak se virou para olhar e percebeu um grande animal se aproximando suavemente, e que ficou fitando-o, parado, não tão distante. Mas uma lufada de vento veio, trazendo o cheiro daquele animal que o urso reconheceu ser *aquele* alce. O mesmo velho alce de sempre.

Kodiak olhou em seus olhos e notou um brilho incomum. Entre seus majestosos chifres que rodeavam a grande cabeça, o urso teve a impressão de estar diante de um animal que sabia de todas as coisas, de todos os segredos guardados sob as montanhas colossais. O urso não sabia explicar por que a presença daquele animal trazia uma calma dentro dele, uma sensação de proteção e talvez fosse por isso que evitava se alimentar de alces.

– Sair da caverna fez bem a você – falou, em uma voz mansa, o singular animal.

– Eu já percebi que você está sempre me seguindo – falou Kodiak. – Geralmente são os ursos que perseguem alces.

O alce manteve um olhar tranquilo deitado sobre o urso, como se aquele comentário não o tivesse afetado em nada.

– Por que você não acredita que esse nosso encontro foi uma obra do acaso? – o alce, por fim, continuou. – Ou talvez seja uma obra dos ancestrais?

– Os ancestrais só falam comigo enquanto eu hiberno – respondeu com segurança. – E eu agora estou bem acordado.

– Tem certeza? Porque os meus falam comigo através de muitas maneiras – o alce caminhou para mais perto, e Kodiak pôde ver o vento soprando forte a pele lanuda do animal.

Ao dizer isso, Kodiak se levantou, interessado, mas duvidoso de que aquele alce soubesse de alguma coisa que fosse boa para um urso.

– Eu me lembro bem de sua voz. Você insistiu para que eu saísse da caverna.

– Eu insisti, mas a *sua* fome fez você sair – respondeu o alce. – O Espírito da Natureza pode ser muito frio e rígido com os seres vivos. Mas ele é assim com todos, para que eles sobrevivam.

Espírito da Natureza.

Kodiak, que nunca havia escutado aquele nome, disse:

– Eu aprendi a sobreviver, é só olhar para mim – falou Kodiak se colocando em pé, para que o alce vislumbrasse o seu tamanho. – Mas então esse tal Espírito da Natureza foi cruel comigo – ele virou a cabeça, revelando as cicatrizes que os lobos fizeram.

– Sim, você conseguiu mesmo sobreviver – respondeu o cervídeo. – Mas a natureza foi cruel com você, ou foi você quem foi cruel com ela?

Aquela pergunta fez Kodiak voltar com as patas dianteiras ao chão.

– Os lobos mereceram tudo aquilo – contestou na defensiva. – Você não sabe nada sobre a minha vida.

– Tem razão, eu não sei o seu nome – o grande animal simplesmente respondeu, e então foi se retirando para longe, caminhando lentamente, como um velho animal faria.

– Você disse que consegue ouvir os seus ancestrais, sempre – o urso voltou atrás, vendo que sua rispidez com o alce talvez fizesse com que ele não mais voltasse. – Ao menos me diga como fazer isso.

O alce se virou mansamente e Kodiak viu a fumaça quente da sua respiração.

– Eles falam comigo de um modo diferente do modo como falam com você. Mas eu apenas posso lhe dizer, com segurança, que os ancestrais estão sempre falando conosco. Os ancestrais dos lobos falam com os lobos vivos através das auroras boreais. Mas isso não quer dizer que eles não possam falar com eles durante os períodos de verão, onde nunca aparecem as auroras. Sabe por quê?

Kodiak estreitou os olhos, duvidoso em pensar que lobos também tinham os seus ancestrais.

– Porque as auroras continuam no céu mesmo quando não podem ser vistas – concluiu o alce balançando a cabeça.

O urso olhou para o alto e viu a luz do dia, imaginando que os ancestrais dos lobos estivessem bem acima dele o tempo todo.

– Onde estão os seus? – Kodiak estava realmente curioso.

– Eu os escuto quando o vento sopra sobre a minha cabeça – confessou olhando para o lado em que o vento vinha.

Kodiak olhou para a grande e bela coroa de chifres, imaginando se eles seriam a conexão do cervídeo com seus ancestrais.

– Mas não se engane com um lugar só – afirmou o animal. – Eles estão em muitos lugares.

Os galhos das árvores também podem assobiar com os ventos e é assim que sei que a maioria dos alces escuta seus ancestrais. No entanto, cada um tem o seu modo de percebê-los. Alguns podem se conectar aos ancestrais repetindo algo que os viram fazendo. A jovem humana cuidou de você, e isso a conectou com o passado dela, com o que a mãe dela a ensinou, que era cuidar de você. Você foi a trilha de conexão entre ela e a mãe dela...

Kodiak arregalou os olhos pequenos e castanhos ao ouvir aquelas palavras, jamais imaginando que ele poderia ter sido uma trilha de conexão a um ancestral que não era nem mesmo um urso.

– Talvez você os escute melhor quando estiver em silêncio – terminou o alce caminhando na direção da trilha que fez para subir até ali. – Boa sorte na sua busca. Estou certo de que vai encontrá-los – então desceu a grande colina até desaparecer de vista, como se seu caminhar não causasse nenhum ruído.

O urso ficou calado por um tempo, pensando em toda aquela conversa com o alce.

– Talvez aqui em cima não haja nada a ser ouvido – falou o urso olhando ao redor dos musgos, e deles para as nuvens. Mas que aquela conversa havia deixado Kodiak diferente, não se podia negar!

Assim, Kodiak resolveu descer a montanha, sentindo que devia caminhar na direção de onde quase ainda não havia estado. Não queria assumir para si mesmo que acreditava poder encontrar alguma resposta sobre seus ancestrais. Entretanto, mesmo assim, algo dentro dele o fazia caminhar cada vez para mais longe, mais para o meio das florestas, além das montanhas onde nasceu. E quando se perguntava por que ele fazia isso, com medo de se sentir um tolo em sua busca, encontrou um modo de justificar-se, afirmando para si que precisava de novas florestas, pois sentia-se entediado da mesma vida de sempre. Che-

nutritivos. Só estando bem alimentado, com suas reservas de energia bem preparadas, que ele teria uma hibernação longa e bem aproveitada.

Foi num dia bastante enevoado e sob a sombra da densa floresta que Kodiak percebeu estar relaxado para um sono aconchegante. Encostado a uma rocha, ele sonhou estar em sua toca dormindo, aquecido, e numa escuridão que nunca havia visto igual. Encostada às suas costas estava ela, sua mãe, que respirava profundamente, e o seu som fazia embalar o sono de Kodiak, como nos velhos tempos. Ficou ali, concentrado na respiração da grande ursa, num compasso regrado que o mantinha focado em seu sono e tornava possível estar ali com ela mais uma vez.

A luz do sol já havia se deslocado pelo céu, e seus raios entre as árvores também alcançaram as pupilas do grande urso. Assim, o sono de Kodiak foi interrompido, e o compasso de uma respiração foi escutado no último momento, no ato de despertar.

– Mãe? – o urso falou, acordando num pulo. – Mãe? – ele ainda escutava o som da respiração dela por ali, muito perto dele.

Sentou-se, ainda meio atordoado pelo sono, procurando entender de onde o som vinha.

Ele vem de dentro de mim, pensou assombrado, sentindo o ouvido tampado chiar sem parar, no meio do silêncio. *Era ela o tempo todo*, com o coração aos pulos, lembrou-se do que o alce havia lhe contado sobre as muitas maneiras de ouvir os ancestrais.

– Era ela o tempo todo e eu não percebi.

Capítulo 14

Depois daquele dia, Kodiak percebeu que conseguia descansar melhor, talvez por sentir-se mais seguro, talvez por ter suas noites de sono embaladas por aquela respiração, sempre presente. Pensava menos em lobos do que de costume, e sua ansiedade pelo cair do inverno foi se abrandando.

O urso passou a notar outros animais como ele, como as águias ou os corvos, que já não dependiam de suas mães, mas que se mantiveram vivos por terem aprendido com elas o conhecimento ancestral de sua espécie, ou até mesmo aprenderam com outros membros de sua família, e esse conhecimento era o que os mantinha sempre, de alguma forma, ligados.

– É assim que eu a mantenho sempre presente – concluiu continuando sua jornada por onde via florestas mais escuras, bosques profundos e com pinheiros mais altos.

Subiu novas montanhas, margeando uma cachoeira onde alcançou um platô até se deparar com lagos misteriosos e que ainda estavam parcialmente congelados naquele verão. Ali, ele pôde provar um tipo de truta, e o seu sabor o fez ver o quanto ainda havia para descobrir, além de ajudá-lo a recordar o sabor dos peixes que a sua mãe adotiva sempre levava para ele.

Silencioso, alimentava uma espécie de orgulho de si mesmo, por ver quão longe ele conseguira desbravar enquanto estava sozinho e fazendo sua própria vida. Orgulhoso por ter hibernado e aprendido com os ancestrais como ser um urso forte em todas as estações. Orgulhoso por sentir-se firme e independente, curioso por conhecer montanhas que ofereciam diferentes desafios para ele. As longas viagens deixavam Kodiak ocupado a maior parte do dia, e isso também o acalmava, sendo que durante à noite facilmente caía no sono.

***

O alto das montanhas era onde geralmente o urso-pardo escolhia o seu próximo caminho. E foi num desses dias, em que explorava uma trilha de caribus, que ele parou de repente, sentindo um frio na barriga. Percebeu uma mancha negra surgir correndo pelo lado leste do vale e parar perto dele. Aquilo fez Kodiak retesar de imediato, travando os dentes uns contra os outros, congelando seu movimento no solo. Somente seus olhos se viraram para ter certeza do que era.

Bem ali havia um lobo de pelos negros emaranhados, eriçados sobre a nuca e o quadril, a cauda entre as patas, provando que ele também estava com medo. Era certo que o animal estava farejando os mesmos caribus que Kodiak e teve o azar de se deparar com um urso-pardo. O lobo manteve as patas ao chão, imóvel, e o urso teve a impressão de ver pavor nos olhos do animal. Mas

Kodiak também estava com muito medo.

Olhando fixamente para o lobo negro e de olhos amarelados, Kodiak sabia que o animal não estava sozinho, pois, a seguir, farejou outros deles. Havia uma alcateia se aproximando desavisada, mas que rosnou e uivou de modo rouco e curto, e logo todos os lobos perceberam o que estava acontecendo. Mesmo assim, o urso não se moveu.

Os lobos foram surgindo um a um, demonstrando-se nervosos, trêmulos e ansiosos por não quererem perder a trilha de caribus. Mas diante deles havia o grande urso-pardo, solitário, parado e imóvel. Colocaram seus dentes à mostra, rosnando alto e de maneira bastante ameaçadora para Kodiak.

O urso se levantou imediatamente para exibir o seu tamanho e rosnou com tanta força, que os lobos entenderam o recado. Ninguém estava ali para brigar, contanto que respeitassem seus espaços. Imediatamente, os lobos foram recuando, um a um, desviando-se do caminho do urso e seguindo adiante o rastro dos caribus, como se nada os tivesse impedido.

Kodiak respirou fundo e voltou com as patas dianteiras para o chão:

– Não preciso comer caribus hoje – falou decidido a abandonar a trilha. Depois olhou para o vale, refletindo todas as possibilidades que ele poderia lhe oferecer.

Então, descendo a montanha, caminhou tranquilamente na direção de onde brilhava um rio cheio de salmões.

***

Terminei de ler a última frase do livro de Biso em voz alta, como se fosse ele quem a contasse para mim. E, por fim, eu certamente diria:

– Então Kodiak havia desistido de brigar com lobos, afinal, ele já havia encontrado o seu caminho no ensinamento dos ancestrais e de sua mãe.

No entanto, Biso costumava encerrar as histórias indo me mostrar alguma coisa excepcional, algo que me fazia abrir os olhos e acordar para certos fatos da vida.

A história acabou e ela me mantinha ligado ao Biso..., pensei comigo e, a seguir, virando a última página, vi o desenho de um urso-pardo feito com a pena de águia e nanquim, e assinado por ele. Ao lado, havia uma anotação:

– Pakuna está com a chave do meu baú. Quis garantir que ela fosse dada a você. Pegue com ele – li em voz alta como se lesse as últimas palavras dele, sentindo meu coração cheio de alegria, pois aquilo era como reencontrá-lo de alguma maneira, ver mais um capítulo de sua história, me manter um pouco mais perto dele, independentemente de quanto tempo isso pudesse durar.

Olhei para a janela e vi escuridão e mais nevascas que desciam pelos vidros.

– Pakuna tem uma chave... – repeti me levantando da cadeira e percebendo que era bem tarde da noite. – Pakuna, o índio que era um antigo amigo de Biso, devia estar dormindo há muito tempo. – Amanhã pela manhã irei à cabana de Pakuna.

Abaixei a luz da lamparina, caminhei até perto da janela do quarto de Biso e ali, forçando a vista através dos vidros da velha cabana, vi um a aurora boreal chacoalhar no céu como uma cortina verde e roxa, que ocasionalmente nascia com grande velocidade no céu negro, e que, por vezes, esvaía-se como se fosse a última respiração do céu.

Ajeitei-me na poltrona de Biso, ali de frente para a aurora boreal, e cobri-me com o velho cobertor de lã com bordados de lobos que a Bisa havia feito para ele. Assim, apaguei a lamparina e fiquei olhando as luzes e suas formas misteriosas, enquanto me lembrava de quantas vezes havia feito aquilo ao lado de Biso, em nossos passeios nas montanhas, quando ele me contava as histórias incríveis de outros animais.

Fiquei assim até adormecer, sentado pelo resto da noite na confortável poltrona de Biso.

Capítulo 15

O dia havia amanhecido claro, e tão frio, que a superfície da neve brilhava como diamantes minúsculos em uma roupa de festa. Coloquei mais lenha na lareira e fiz o café velho que ainda estava na lata sobre o móvel da cozinha. Comi um mingau que preparei também com a aveia que encontrei ali nos armários e logo em seguida saí, ansioso por me reencontrar com Pakuna, lembrando-me de que a cabana do índio não era longe dali.

Atravessei o bosque de chão inclinado, subindo pela colina, até me deparar com uma trilha na neve e que provavelmente era do Pakuna.

E não demorou a avistar a pequena cabana, que lançava um cheiro gostoso de lenha no ar, e meus ouvidos se encheram de uma música ancestral tocada pelo índio com sua flauta nativa.

Fui me aproximando devagar e acenei para ele, que imediatamente parou de tocar a flauta e falou alguma coisa em seu idioma, como se estivesse bastante feliz em me ver. Quando estava perto o suficiente, notei que ele tinha em mãos a bela e rústica flauta, com o tótem de um lobo esculpido em madeira, e logo abaixo dele havia uma pintura de um lobo na madeira que dava a impressão de olhar fixo em nossos olhos.

– Pakuna, que instrumento magnífico! – falei e o índio levantou os olhos felizes, repousando sua mão sobre meu ombro.

– Olá, garoto! – ele respondeu com um forte acento de sua língua ancestral. Ele nunca aparentava a idade que tinha. E sorria tão animado, que por um momento pensei se ele via em mim a trilha para a conexão com Biso. – Venha, venha comigo – ele simplesmente falou ansioso, como se o tempo não tivesse passado nada, com o mesmo carinho com que sempre recebia a mim quando estava com Biso.

A casa de Pakuna era rústica e simples. Tinha uma cama de peles ao chão, inúmeros enfeites de animais esculpidos em madeira sobre os móveis e uma lareira redonda, bem ao centro, circundada por rochas onde em uma panela borbulhava água. Ao canto, bem ao fundo da cabana, estava um baú de madeira com um tótem de lobo e bisão e urso esculpidos, sendo que no topo desse tótem havia uma águia de asas abertas, também em alto-relevo. Jamais havia visto artefato tão bonito, e pareceu ter sido criado não fazia tanto tempo assim, pois eu ainda podia sentir o cheiro da seiva ali dentro.

– Ele pediu que eu te entregasse isso – falou o índio segurando uma chave como se fosse um tesouro ancestral.

Peguei-a entre meus dedos e meu coração palpitou.

– Ele tinha medo de que colocassem a cabana à venda com as coisas dele. Então pediu que eu fizesse esse baú e colocasse esse material dentro.

– É incrível, realmente incrível – elogiei o cuidadoso trabalho de Pakuna em cada detalhe. – Se depender de mim, a cabana nunca será vendida – eu respondi e olhei para o índio. – Eu vou cuidar dela como Biso sempre cuidou, e como o pai dele também cuidava.

O índio sorriu satisfeito e pareceu bastante feliz com minha decisão. Pakuna bem entendia o valor que havia naquilo que pertencera aos nossos ancestrais, e em tudo o que era ensinado por eles.

Eu me ajoelhei diante do baú como uma criança deslumbrada com sua caixa de tesouros e coloquei a chave nele na fechadura. Mais uma vez meu peito apertou. Girei a chave e ergui a pesada tampa de madeira num ruído, deparando-me com inúmeros cadernos escritos por Biso e pelo avô dele. No topo do monte de suas anotações, encontrei seus inúmeros desenhos de animais feitos pelo meu tataravô e por Biso, muitos personagens de incontáveis histórias. Sob essas folhas, meus olhos correram para a capa dos cadernos onde li os nomes *O Destino do Lobo*, *O Código das Águias* e *O Chamado dos Bisões*.

Sob esses havia muitos outros títulos assinados pelo Biso e que eu jamais conhecera até então. Meus olhos encherem-se de lágrimas ao me lembrar dos momentos em que Biso me levava para as montanhas para me contar as histórias dos animais daquelas florestas. Esse baú era como se fosse o meu portal mágico, a trilha para reencontrar Biso nas melhores lembranças de minha vida.

Ao canto do baú, achei um caderno com meu nome gravado na capa, pela letra de Biso.

Eu o tomei nas mãos e folheei suas páginas em branco, costuradas por um fino fio de couro. Uma caixa comprida, que eu já havia visto antes, uma familiar caixa de madeira que via sempre sobre sua escrivaninha e que tinha a figura de um salmão entalhada. Tinha a pena de águia que Biso costumava usar para escrever e desenhar e o seu pequeno pote de nanquim acomodados sobre uma tira de couro de caribu.

Fiquei olhando para aquilo tudo, maravilhado, como se todas aquelas coisas fossem repletas das tantas vozes que Biso deu aos animais, todas as vozes que eram as vozes de Biso.

– Ele não aparecia há tempos – disse Pakuna, olhando pela janela. – Mas ele veio porque sentiu sua presença.

Olhei para ele sem entender, e Pakuna não tirava os olhos da janela.

– Há um grande alce passando lá fora. Nessa manhã eu o vi caminhar ao redor de sua cabana

– completou olhando para mim, percebendo que a palavra *alce* havia me deixado um tanto surpreso. Pakuna pareceu ver o brilho em meus olhos.

– Um grande alce? – perguntei como se quisesse ter a certeza de que havia escutado direito. Então me levantei meio atrapalhado.

– Quer ir lá fora vê-lo? – o índio perguntou, abrindo a porta.

Olhei através da janela para a majestosa figura do animal que caminhava silencioso, quase como um espírito ancestral do bosque.

Então, deixando a cabana de Pakuna por um momento, caminhei na direção dele, sem pressa alguma.

– Agora eu entendo por que Biso o descreveu como um guardião – sussurrei para ele, que me olhava de volta em silêncio, por detrás do ramo de um pinheiro.

Talvez fosse obra da minha imaginação,

mas eu podia jurar que aquele alce sabia tudo sobre mim, mesmo que ele não soubesse o meu nome. Arrepiado e com os olhos marejados, escutei uma voz familiar em meus ouvidos, sussurrando as palavras que o alce certa vez disse a Kodiak:

Alguns podem se conectar aos ancestrais repetindo algo que os viram fazendo...

Olhei espantado para o que eu tinha em minhas mãos: o caderno com meu nome na capa e as páginas em branco. Essa seria a minha trilha, o caminho para meus muitos encontros com Biso. Ele estava no meu silêncio... Estava no silvo do vento sobre a minha cabeça...

Escutei a voz dele... e também vi, no níveo brilho do olhar do alce, o semblante do meu Biso.

COLEÇÃO FÁBULAS DA TERRA

O Destino do Lobo

Em uma época em que poucos homens ainda compreendiam os animais somente pelo olhar, Kushi, a líder de uma alcateia, teve uma visão de seus ancestrais. Eles lhe mostraram imagens do amanhã e as consequências da união dos lobos com os homens. Agora ela e seus amigos partem em uma jornada perigosa por montanhas geladas em busca de respostas que poderão decidir o destino dos lobos.

O Código das Águias

O frio e a fome oriundos do implacável inverno levou uma aldeia indígena a capturar Hankpa, um filhote de águia que mal havia provado o sabor da liberdade, para auxiliá-los na caça de alimentos. Agora ele se vê diante de um estranho tratado ancestral que o guiará a uma aventura extrema e selvagem, cheia de desafios e responsabilidades. A vida da tribo agora depende dele e do Código das Águias.

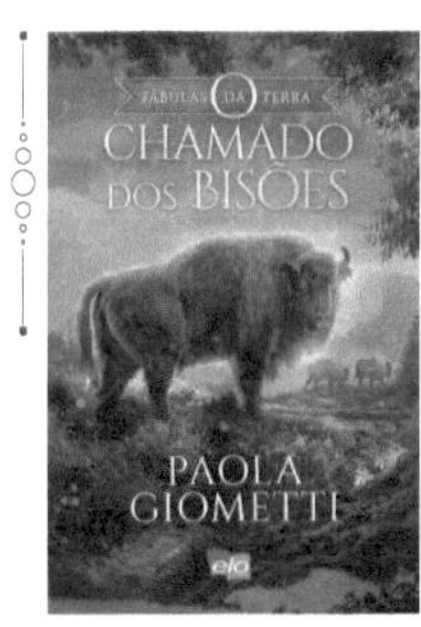

O Chamado dos Bisões

Ao longo da migração anual dos bisões, Mika separa-se de sua manada. Diante da solidão desesperadora de um filhote sem proteção e dos perigos selvagens que a cercam, ela terá que confiar em seus instintos e nos conselhos de um velho bisão. Essa é a única maneira de reencontrar o caminho das migrações e entender um misterioso chamado que vem das montanhas.

Paola Giometti é bióloga, PhD em Ciências e escritora brasileira com obras de fantasia ártica publicadas voltadas ao público juvenil. Aos 11 anos foi considerada a escritora mais jovem do Brasil com a publicação do livro Noite ao Amanhecer publicado pela Cassandra Rios. Escreveu a série Fábulas da Terra composta por livros juvenis sobre animais do ártico (Elo Editora). Publicou Drako e a Elite dos Dragões Dourados (Lendari), sendo citado pela mídia como "fantasia que reflete sobre as diferenças, ajudando jovens a superar pessimismo e problemas com auto-estima", livro que levou os 6 primeiros lugares do Alien Awards de 2018 por voto popular nas redes sociais, além de nomeá-la a melhor autora nacional no mesmo ano. Em 2020 Paola fez o curso de Storytelling pela Pixar, lançou os livros Symbiosa e a Ameaça no Ártico e reeditou Noite ao Amanhecer (Elo Editora). Publicou também The Destiny of the Wolves (Underline Publishing), do qual foi selecionado como o melhor livro de ficção do mês de dezembro pelo Reedsy Discovery. Paola foi finalista do prêmio Reconhecimento Internacional da Literatura Brasileira promovido pela Academia Internacional de Literatura Brasileira e Focus Brazil New York 2020, além de ter recebido o Literary Titan Golden Book Awards de 2021 e publicado o livro de terror Post Mortem (Nordika). Em 2022 publicou La Señora de la Tundra pela Penguin Random House (Caligrama), sendo seu livro de fantasia um dos mais opinados pelo público no site Casa del Libro. Atualmente vive em um pequeno vilarejo em Tromsø, no extremo norte da Noruega, com seu noivo e suas serpentes mascotes.